Desfiz
75 anos

Rubem Alves
Desfiz
75 anos

PAPIRUS

Capa	Fernando Cornacchia
Coordenação	Beatriz Marchesini
Diagramação	DPG Editora
Copidesque	Lúcia Helena Lahoz Morelli
Revisão	Ana Carolina Freitas, Elisângela S. Freitas e Isabel Petronilha Costa

Dados Internacionais de Catalogação na Publicação (CIP)
(Câmara Brasileira do Livro, SP, Brasil)

Alves, Rubem
    Desfiz 75 anos/Rubem Alves – 2ª ed.– Campinas, SP: Papirus, 2012.

ISBN 978-85-308-0891-4

1. Crônicas brasileiras I. Título.

12-08322   CDD-869.93

Índice para catálogo sistemático:

1. Crônicas: Literatura brasileira 869.93

2ª Edição – 2012
4ª Reimpressão – 2023
Livro impresso sob demanda – 100 exemplares

Exceto no caso de citações, a grafia deste livro está atualizada segundo o Acordo Ortográfico da Língua Portuguesa adotado no Brasil a partir de 2009.

Proibida a reprodução total ou parcial da obra de acordo com a lei 9.610/98. Editora afiliada à Associação Brasileira dos Direitos Reprográficos (ABDR).

DIREITOS RESERVADOS PARA A LÍNGUA PORTUGUESA:
© M.R. Cornacchia Editora Ltda. – Papirus Editora
R. Barata Ribeiro, 79, sala 316 – CEP 13023-030 – Vila Itapura
Fone: (19) 3790-1300 – Campinas – São Paulo – Brasil
E-mail: editora@papirus.com.br – www.papirus.com.br

SUMÁRIO

Desfiz 75 anos...	7
Alegria e tristeza	10
Tempus fugit	13
Meu querido Artur da Távola	16
"Todos os homens devem morrer..."	19
Um filho	22
A hora da poesia	26
Morangos à beira do abismo	30
Lições de política	34
Antes de partir	37
Sensibilidade ao julgar	40
Álbum de retratos	43
A gente é velho...	47
Gestos amorosos	51
A pior idade	53
Minha música	56
Sobre gramáticos e revisores	58
Meu presente...	60
O caos e a beleza	64
Sobre o amor e os cavalos	67
Consultório bíblico	70
Por que escrevo sobre religião	72
Sobre simplicidade e sabedoria	75
Coitado do corpo...	79
O riso	82
Câncer	86

O direito de dormir	94
Seu retrato	96
Oração pelos que são diferentes	99
Casuística	101
Ética de princípios	103
O bolso	106
Estrelas ou jardins	109
Eutanásia	111
Chucrute	114
Decisão	115
Paulo Freire	117
Bulas	119
Brinde	120
Serra da Canastra	122
Religião e felicidade	124
Velhice tranquila	125
Aos que não gostam de ler	127
Cozinhar	128
O tempo da delicadeza	130
A formação do educador	133
Esquecer	136
Eliana	139
A autoridade de fora	141
A autoridade de dentro	143
O flautista	146
Badulaques	149
Orgasmos nasais	151
No atacado e no varejo...	153
A alma é uma paisagem	155
Peça licença para o chefe	157
Árvores, sinal de atraso...	158

DESFIZ 75 ANOS...

Minha formação filosófica exige que eu use as palavras com precisão porque as palavras devem revelar o ser. E é assim, usando de forma precisa as palavras, que comunico aos meus leitores que desfiz 75 anos...

Leitores haverá que se apressarão a corrigir meu uso estranho, nunca visto, da palavra "desfazer", atribuindo-o, quem sabe, a um início do mal de Alzheimer. Todo mundo sabe que, para se anunciar um aniversário, o certo é dizer "fiz" tantos anos. No meu caso, "fiz" 75 anos.

Mas o verbo "fazer" sugere algo que aumenta, um crescimento do ser, a obra de um artista, um edifício que um engenheiro constrói.

Mas qual é o ser que aumenta e cresce com a passagem do tempo, esse monstro que devora seus filhos? Com a passagem do tempo aumenta o vazio. Esses anos que o aniversariante distraído anuncia como anos que ele está fazendo são, precisamente, os anos que se desfizeram, o Ser que foi engolido pelo Nada...

Por isso acho um equívoco filosófico perguntar a alguém: "Quantos anos você tem?". O certo seria perguntar: "Quantos anos você não tem?". E a pessoa responderia: "Não tenho 42 anos", "não tenho 28 anos". Porque esse número de anos indica precisamente os anos que aquela pessoa não tem mais. Nos aniversários, então, a maneira filosoficamente correta de se dirigir a um aniversariante é perguntando-lhe: "Quantos anos você está desfazendo hoje?".

Com base nessas reflexões, acho extremamente estranho e mesmo de mau gosto esse costume de o aniversariante soprar velinhas acesas. O que sobra, então? Sobra um pavio negro retorcido. Aí, nesse momento, todos gritam e riem de alegria e cantam o "Parabéns a você", em louvor a essa "data querida".

Bachelard, no seu delicadíssimo livro *A chama de uma vela*, que nunca será *best-seller*, nos lembra que uma vela que queima é uma metáfora da existência humana. Há alguma coisa de trágico na vela que queima: para iluminar ela tem que morrer um pouco. Por isso a vela chora. Prova disso são as lágrimas que escorrem pelo seu corpo em forma de estrias de cera.

Uma vela que se apaga é uma vela que morre. Algumas velas se consomem todas, morrem de pé, têm de morrer porque a cera já se chorou toda. Outras morrem antes da hora – elas não queriam morrer, mas veio o vento e a chama se foi.

As velas acesas fincadas no bolo não querem morrer. Elas vão ser assassinadas por um sopro. O sopro que apaga as velas é o sopro que apaga a vida...

Por isso não entendo os risos, as palmas e a alegria que se segue ao sopro que apaga as velas. Uma vela que se apaga é um sol que se põe, disse Bachelard. E todo pôr de sol é triste... Uma vela que se apaga anuncia um crepúsculo.

Por isso eu prefiro um ritual diferente, ritual que é uma invocação. Eu acendo uma vela pedindo aos deuses que me deem muitos anos a mais de vida, esses anos que se seguirão, que são o único tempo que realmente possuo.

Assim fiz, acendi uma vela, meus amigos à minha volta. Que coisa boa é ter amigos, especialmente quando o crepúsculo e a noite se anunciam!

Acho que a vida humana não se mede nem por batidas cardíacas nem por ondas cerebrais. Somos humanos, permanecemos humanos enquanto estiver acesa em nós a chama da esperança da alegria. Desfeita a esperança da alegria, a vida perde o sentido. É isso que desejo quando acendo minha vela. Peço aos deuses que me levem quando a chama da esperança da alegria se apagar.

ALEGRIA E TRISTEZA

Freud disse que são duas as fomes que moram no corpo. A primeira é a fome de conhecer o mundo em que vivemos. Queremos conhecer o mundo para sobreviver. Se não tivéssemos conhecimento do mundo à nossa volta, saltaríamos pelas janelas dos edifícios, ignorando a força da gravidade, e poríamos a mão no fogo, por não saber que o fogo queima.

A segunda é a fome do prazer. Tudo o que vive busca o prazer. O melhor exemplo dessa fome é o desejo do prazer sexual. Temos fome de sexo porque é gostoso. Se não fosse gostoso ninguém o procuraria e, como consequência, a raça humana acabaria. O desejo do prazer seduz.

Gostaria de poder ter tido uma conversinha com ele sobre as fomes, porque eu acredito que há uma terceira: a fome de alegria.

Antigamente eu pensava que prazer e alegria eram a mesma coisa. Não são. É possível ter um prazer triste. A amante de Tomás, do livro *A insustentável leveza do ser*, lamentava-se: "Não quero prazer, quero alegria!".

As diferenças. Para haver prazer é preciso primeiro que haja um objeto que dê prazer: um caqui, uma taça de vinho, uma pessoa a quem beijar. Mas a fome de prazer logo se satisfaz. Quantos caquis conseguimos comer? Quantas taças de vinho conseguimos beber? Quantos beijos conseguimos suportar? Chega um momento em que se diz: "Não quero mais. Não tenho mais fome de prazer".

A fome de alegria é diferente. Primeiro, ela não precisa de um objeto. Por vezes basta uma memória. Fico alegre só de pensar num momento de felicidade que já passou. Em segundo lugar, a fome de alegria jamais diz: "Chega de alegria. Não quero mais". A fome de alegria é insaciável.

Bernardo Soares disse que não vemos o que vemos; vemos o que somos. Se estamos alegres, nossa alegria se projeta sobre o mundo e ele fica alegre, brincalhão. Acho que Alberto Caeiro estava alegre ao escrever este poema:

As bolas de sabão que esta criança
Se entretém a largar de uma palhinha
São translucidamente uma filosofia toda.
Claras, inúteis e passageiras como a Natureza,
Amigas dos olhos como as cousas,
São aquilo que são
(...)
Algumas mal se vêem no ar lúcido.
São como a brisa que passa e mal toca nas flores
E que só sabemos que passa
porque qualquer cousa se aligeira em nós...

A alegria não é um estado constante – bolas de sabão. Ela acontece, subitamente. Guimarães Rosa disse que a alegria, só em raros momentos de distração. Não se sabe o que fazer para produzi-la. Mas basta que ela brilhe de vez em quando para que o mundo fique leve e luminoso. Quando se tem alegria, a gente diz: "Por esse momento de alegria valeu a pena o universo ter sido criado".

Fui terapeuta por vários anos. Ouvi os sofrimentos de muitas pessoas, cada um de um jeito. Mas por detrás de todas as queixas havia um único desejo: alegria. Quem tem alegria está em paz com o universo, sente que a vida faz sentido.

Norman Brown observou que perdemos a alegria por haver perdido a simplicidade de viver que há nos animais. Minha cadela

Lola está sempre alegre, por quase nada. Sei disso porque ela sorri à toa. Sorri com o rabo.

Mas de vez em quando, por razões que não se entendem bem, a luz da alegria se apaga. O mundo inteiro fica sombrio e pesado. Vem a tristeza. As linhas do rosto ficam verticais, dominadas pelas forças do peso que fazem afundar. Os sentidos se tornam indiferentes a tudo. O mundo se torna uma pasta pegajosa e escura. É a depressão. O que o deprimido deseja é perder a consciência de tudo, para parar de sofrer. E vem o desejo do grande sono sem retorno.

Antigamente, sem saber o que fazer, os médicos prescreviam viagens, achando que cenários novos seriam uma boa distração da tristeza. Eles não sabiam que é inútil viajar para outros lugares se não conseguimos desembarcar de nós mesmos. Os tolos tentam consolar. Argumentam apontando para as razões para estar alegre: o mundo é tão bonito... Isso só contribui para aumentar a tristeza. As músicas doem. Os poemas fazem chorar. A TV irrita. Mas o mais insuportável de tudo são os risos alegres dos outros que mostram que o deprimido está num purgatório do qual não vê saída. Nada vale a pena.

E uma sensação física estranha faz morada no peito, como se um polvo o apertasse. Ou esse aperto seria produzido por um vácuo interior? É Thanatos fazendo seu trabalho. Porque quando a alegria se vai, ela entra...

Os médicos dizem que a alegria e a depressão são as formas sensíveis que tomam os equilíbrios e os desequilíbrios da química que controla o corpo. Que coisa mais curiosa: que a alegria e a tristeza sejam máscaras da química! O corpo é muito misterioso...

Aí, de repente, sem se anunciar, ao acordar de manhã, percebe-se que o mundo está de novo colorido e cheio de bolhas translúcidas de sabão... A alegria voltou!

TEMPUS FUGIT

Tenho nas mãos um relógio de sol. Você deve achar estranha essa declaração porque relógios de sol são, normalmente, objetos grandes e pesados, feitos de pedra ou ferro. Mas o meu relógio é diferente. Ele é do tamanho de um daqueles antigos relógios de bolso, com dois milímetros de grossura. Prodígio da tecnologia moderna? Não. Prodígio da tecnologia medieval. Comprei-o numa lojinha da cidade de Carcassone, no sul da França. Dizem que Carcassone, entre todas as cidades medievais que restaram, é a mais bem-preservada. Um turista que viaje por aquela região não deve deixar de visitá-la.

Carcassone era ponto de descanso dos peregrinos que iam para Santiago de Compostela. Aqueles minúsculos relógios de sol, eles os levavam como colares à volta do pescoço para se orientarem sobre as horas do dia.

Gravada no metal dos relógios havia uma sóbria advertência: *Tempus fugit* – o tempo está fugindo.

Mas por toda a cidade, nas inúmeras lojinhas frequentadas pelos turistas, vendiam-se também placas de louça, metal, madeira com a inscrição: *Carpe diem* – colha o dia.

Tempus fugit, Carpe diem. A presença dessas duas frases latinas deixou-me intrigado. E isso porque, muitos anos antes de visitar Carcassone, eu havia escolhido precisamente essas duas frases como resumo da minha filosofia de vida.

Coincidência? Eu poderia ter escolhido outras frases. E não havia nenhuma razão lógica para que elas se encontrassem em todos os lugares daquela cidade.

Veio-me então a suspeita inevitável: será que em algum século passado eu vivi aqui e que essas frases ficaram gravadas na minha alma até que um acidente qualquer as fez emergir até a minha consciência? Qualquer pessoa que visitar meu escritório verá que, nas duas portas, essas frases estão gravadas.

Sou uma ampulheta. A areia fina não para de escoar de cima para baixo. É impossível não imaginar o momento quando o último grão de areia vai escoar. Então será a morte.

Ser sábio é viver bem. O sábio é alguém que sabe degustar a vida. E embora pareça estranho o que vou dizer, é a consciência da morte que desperta em nós a capacidade de sentir o gosto bom da vida. A consciência da morte põe tempero na vida; todos os gostos, todos os cheiros, todas as cores, todos os sons ficam mais intensos exatamente porque tomamos consciência do seu caráter efêmero.

No dia a dia somos enrolados pelas rotinas e não sobra muito tempo para pensarmos sobre a vida. Mas quando estamos doentes, em especial quando um filho nosso está doente, a ideia da morte se impõe.

Nietzsche passou por um longo período de doença. Vejam o que ele escreveu a respeito disso:

> (...) é assim que, agora, aquele longo período de doença me aparece: sinto como se, nele, eu tivesse descoberto de novo a vida, descobrindo a mim mesmo, inclusive. Provei todas as coisas boas, mesmo as pequenas, de uma forma como os outros não as provam com facilidade. E transformei, então, minha vontade de saúde e de viver numa filosofia.

Fernando Pessoa teve a mesma experiência. No seu poema "Tabacaria", ele afirma: "Estou hoje lúcido, como se estivesse para morrer".

A consciência da morte torna a vida delicada. Ela nos faz prestar atenção no "momento", que é a única coisa que realmente possuímos.

Há muitos anos li o livro *Viagem a Ixtlan*. O livro relata a experiência do antropólogo Carlos Castañeda com um feiticeiro iaqui que lhe ensinou a filosofia da magia. Se realmente aconteceu ou se trata de pura ficção não faz a menor diferença. A ficção é mais poderosa que a realidade.

Carlos tinha medo da morte. D. Juan lhe ensinou que a morte é amiga: ela torna mais pura a nossa vida.

> A morte é nossa eterna companheira. Está sempre à nossa esquerda, à distância de um braço. (...) O que se deve fazer quando se é impaciente é virar-se para a esquerda e pedir conselhos a sua morte. Você perderá uma quantidade enorme de mesquinhez se sua morte lhe fizer um gesto, ou se a vir de relance, ou se, ao menos, tiver a sensação de que sua companheira está ali, vigiando-o. (...) A morte é a única conselheira sábia que possuímos. Toda vez que sentir, como sente sempre, que está tudo errado e você está prestes a ser aniquilado, vire-se para sua morte e pergunte se é verdade. Ela lhe dirá que você está errado; que nada importa realmente, além do toque dela. Sua morte lhe dirá: "Ainda não o toquei".

O antropólogo, perplexo, pergunta-lhe então: "D. Juan, que caminho seguir?".

O bruxo lhe responde: "Não importa. Todos os caminhos conduzem ao mesmo fim. Escolhe, portanto, o caminho do amor...".

Consulto meu relógio de sol comparando-o com os ponteiros do meu moderníssimo digitalizado. O relógio de sol confirma: o digitalizado está marcando a hora certa.

MEU QUERIDO ARTUR DA TÁVOLA

Onze de maio. Manhã luminosa de domingo. Fosse num domingo passado e eu estaria me preparando para me encontrar com você no programa "Quem tem medo de música clássica?", na TV Senado, altar onde adoro meus deuses. Você era o sacerdote, você era música.

Você sorria e convidava as crianças a se assentar e ouvir. Você era um mestre bondoso. Alguns pensam que música clássica é coisa para adultos esnobes. Você, ao contrário, sabia que até as crianças gostam dela. Num dos seus programas você revelou que era ainda criança quando pela primeira vez a música clássica o assombrou – foi a "Rapsódia húngara n. 2", de Lizst. E desde então você não parou mais de se assombrar.

Faz alguns domingos – você já estava diante do Grande Mistério, fiquei sabendo depois. O programa foi a repetição de uma apresentação antiga. Lá estava você cheio de vida exercendo a função que mais amava, a de mestre de música clássica. Você acreditava que a música clássica, além de nos dar a alegria da beleza, tinha também o poder de produzir a bondade. Ouvindo música a alma fica mais mansa. E você sorria aquele sorriso aberto ao explicar as coisas mais simples, o fagote, o pífaro, as cordas, o contraponto. Mais que uma experiência estética, era uma experiência de magia: você ficava inteiro possuído pela música – o que aparecia evidente no seu rosto, nos seus olhos que vagavam pelo espaço à procura de palavras para dizer o indizível.

Seu coração estava cansado. Não conseguia bater com forças próprias. Então você, numa decisão de feiticeiro, escolheu a "Quinta sinfonia" de Beethoven. Ah! A "Quinta sinfonia", que se inicia com aqueles quatro acordes tremendos. Os entendidos dizem que esses quatro acordes são o "destino que bate à porta". De fato, naquele momento o destino estava batendo à sua porta... Talvez você imaginasse que seu coração poderia ser ressuscitado por aqueles quatro acordes de força insuperável. E, depois dos quatro acordes, o coração se enchia de vida, a música se acelerava, corria, galopava...

Foi assim que eu sempre o vi: corpo e alma identificados com a beleza da música. Mas os olhos não veem a mesma coisa. William Blake, num aforismo, disse que "o tolo não vê a mesma árvore que o sábio vê". E Bernardo Soares explica por quê: "O que vemos, não é o que vemos, senão o que somos". Eu o vi com o que sou, olhos de quem ama a música. Mas alguns o veem com olhos diferentes, também verdadeiros, e você aparece então como político íntegro, crítico de televisão, jornalista.

Li com atenção o material que a *Folha de S.Paulo* lhe dedicou. Eu o procurei no meio das palavras. Sabe que a palavra "música" não aparece mencionada sequer uma vez? Achei isso um esquecimento lamentável. Eles se lembraram de você como guerreiro, sempre em luta pela justiça. O que é muito bom. Mas se esqueceram de que, na sua utopia, a única função da política é abrir espaço para a beleza.

Quanto a mim, eu me lembrarei sempre de você sorridente e feliz ao final do programa, quando dava sua última lição, como se fosse um mantra ao final de uma liturgia sagrada: "Música é vida interior. E quem tem vida interior jamais padecerá de solidão".

* * *

Já derramei muitas lágrimas quietas por pessoas amadas que morreram. Mas só solucei de forma convulsiva por dois amigos:

o Elias Abrão e o Artur da Távola. Para o Elias, plantei um ipê-amarelo em Pocinhos do Rio Verde. Para o Artur da Távola, ainda não resolvi. Talvez uma paineira-branca na Fazenda Santa Elisa.

A morte de amigos me faz pensar na morte que Bach cantou em dois corais: "Todos os homens devem morrer" e "Vem doce morte". Para todos os que vão morrer, isto é, nós, publico a oração abaixo:

ORAÇÃO PELOS QUE VÃO MORRER

Ó tu, Senhor da eternidade, nós que estamos condenados a morrer elevamos nossas almas a ti à procura de forças, porque a morte passou por nós na multidão dos homens e nos tocou, e sabemos que em alguma curva do nosso caminho ela estará nos esperando para nos pegar pela mão e nos levar... não sabemos para onde. Nós te louvamos porque para nós ela não é mais uma inimiga, e sim um grande anjo teu, o único a poder abrir, para alguns de nós, a prisão da dor e do sofrimento e nos levar para os espaços imensos de uma nova vida. Mas nós somos como crianças, com medo do escuro e do desconhecido, e tememos deixar esta vida que é tão boa, e os nossos amados, que nos são tão queridos. Dá-nos um coração valente para que possamos caminhar por esta estrada com a cabeça levantada e um sorriso no rosto. Que possamos trabalhar alegremente até o fim, e amar os nossos queridos com ternura ainda maior, porque os dias do amor são curtos. Nós te agradecemos porque experimentamos o gosto bom da vida. Se nos sentirmos abatidos com a solidão, sustenta-nos com a tua companhia. Quando todas as vozes do amor ficarem distantes e se forem, teus braços eternos ainda estarão conosco. Tu és o Pai dos nossos espíritos. De ti viemos e para ti iremos. Para aqueles que em ti habitam, a morte é apenas a passagem para a vida eterna. Nas tuas mãos entregamos o nosso espírito. (Walter Rauschenbusch, *apud* Rubem Alves, *Orações por um mundo melhor.* São Paulo: Paulus, 2007. Audiolivro)

"TODOS OS HOMENS DEVEM MORRER..."

A notícia da morte voa rápido ignorando o espaço. Chega dura como golpe de ferro que esmigalha o tempo. As agendas, mensageiras do tempo, dissolvem-se no ar. Aquele dia não lhes pertence. Naquele dia somente uma coisa faz sentido: chorar.

O poeta W.H. Auden chorou:

Que parem os relógios, cale o telefone,
jogue-se ao cão um osso e que não ladre mais,
que emudeça o piano e o tambor sancione
a vinda do caixão e seu cortejo atrás.
Que os aviões, gemendo acima em alvoroço,
escrevam contra o céu o anúncio: ele morreu.
Que as pombas guardem luto – um laço no pescoço
e os guardas usem finas luvas cor de breu.
(...)
É hora de apagar as estrelas – são molestas,
guardar a lua, desmontar o sol brilhante,
de despejar o mar, jogar fora as florestas,
pois nada mais há de dar certo doravante.

A notícia chegou e me faz chorar. O Waldo César morreu. A morte há muito já se anunciara. Não sei os detalhes. Sei que há cerca de três anos ele se recolheu em um lugar que muito amava, na companhia de árvores, riachos e bichos. Será que ele já sabia?

Os que ainda não sabem que vão morrer falam sobre as banalidades do cotidiano. Mas aqueles que sabem que vão morrer veem as coisas do cotidiano como "brumas e espumas". Por isso preferem a solidão. Não querem que seu mistério seja profanado pela tagarelice daqueles que ainda não sabem.

O corpo de um morto: presença de uma ausência. Mário Quintana brincou com sua própria morte dizendo o epitáfio que deveria ser escrito no seu túmulo "Eu não estou aqui...".

Se não está ali, por onde andará? Essa foi a pergunta que Cecília Meireles fez à sua avó morta: "Onde ficou o teu outro corpo? Na parede? Nos móveis? No teto? Inclinei-me sobre o teu rosto, absoluta como um espelho. E tristemente te procurava. Mas também isso foi inútil, como tudo o mais".

Também o olhar, para onde foi? O velho Bachelard também procurava sem encontrar a resposta: "A luz de um olhar, para onde ela vai quando a morte coloca seu dedo frio sobre os olhos de um morto?".

Por não saberem a resposta, os amigos conversam. Falam sobre memórias de alegria que um dia foram a substância de uma amizade. Falam procurando o sentido da ausência. Falam para exorcizar o medo...

O Waldo amava a vida. Amava a vida porque conhecia a morte. Já a experimentara na morte trágica da Ana Cristina, sua filha poeta, e de sua companheira Maria Luiza. Mas ele triunfava sobre o horror da morte pela magia da música. Assentava-se ao órgão e tocava seu coral favorito: "Todos os homens devem morrer", de Bach.

De todas as artes, a música é a que mais se parece conosco. Para existir ela tem de estar sempre a morrer. Nesse preciso momento fez-se silêncio no meu apartamento. Antes havia música, a "Sonata ao luar". Mas, uma vez realizada a sua perfeição, Beethoven a matou com dois acordes definitivos. Tudo o que é perfeito precisa morrer. Creio que foi dessa proximidade musical com a morte que o Waldo encontrou seu desejo de viver intensamente.

O corpo morto do meu amigo me fez pensar sobre a beleza da vida. Por isso, como ele, volto-me para Bach. E é isso que vou fazer: vou ouvir o CD *Bach*, que o grupo de dança O Corpo dançou. Se o Waldo estiver por perto, parará para ouvi-lo e conversaremos em silêncio...

Toda a vida é um sonho. Ninguém sabe o que faz, ninguém sabe o que quer, ninguém sabe o que sabe. Dormimos a vida, eternas crianças do Destino. (Fernando Pessoa)

O que distingue o homem dos outros animais é o fato de ele guardar, de um modo ou de outro, os seus mortos. (Unamuno)

UM FILHO

Ter um filho é algo que muda a nossa vida de forma inexorável. Dali para a frente, o coração caminhará por caminhos fora do seu corpo. Lembrei-me dos meus sentimentos antigos de pai, diante dos meus filhos adormecidos. Veio-me à mente a imagem de um ninho. Bachelard, o pensador mais sensível que conheço, escreveu sobre os ninhos. Imaginou que, para o pássaro, o ninho é uma cálida e doce morada, uma penugem externa antes que a pele nua encontre sua penugem corporal.

Era isso que eu queria ser. Queria que meu corpo fosse um ninho-penugem que protegesse meus filhos.

Que felicidade enche o coração de um pai quando o filho que ele tem no colo se abandona e adormece! Deitada adormecida nos braços-ninho do pai, a criança aprende que o universo é um ninho. Não importa que não seja! Não importa que os ninhos estejam todos destinados ao abandono. O ninho é uma fantasia eterna. "O ninho leva-nos de volta à infância, a uma infância" (Bachelard).

É impossível calcular a importância desses momentos efêmeros na vida de uma criança. É impossível calcular a importância desses momentos efêmeros na vida de um pai. O pai que tem seu filho adormecido nos seus braços é um poeta! Um homem que guarda memórias de um ninho na sua alma tem de ser um homem bom. Uma criança que guarda memórias de um ninho em sua alma tem de ser uma criança calma.

Mas logo o pequeno pássaro começará a ensaiar seus voos incertos. Agora não serão mais os braços do pai, arredondados num abraço, que irão definir o espaço do ninho. Os braços do pai terão de se abrir para que o ninho fique maior. E serão os olhos do pai no espaço que irão marcar os limites do ninho. A criança se sente segura se, de longe, vê que os olhos do seu pai a protegem. Olhos também podem ser ninhos.

O que a criança deseja não é liberdade. O que ela deseja é excursionar, explorar o espaço desconhecido – desde que seja fácil voltar. Tela de Van Gogh: é um jardim. Do lado direito do jardim, mãe e criança que acabam de chegar. Do lado esquerdo, o pai, jardineiro, agachado com os braços estendidos na direção do filho pequeno. É preciso que o pai esconda seu tamanho, que ele esteja agachado para que seus olhos e os olhos do seu filho se contemplem no mesmo nível. A cena é como um acorde suspenso, que pede uma resolução. É certo que o filho largará a mão da mãe e virá correndo para o pai. E a fantasia pinta a cena final de felicidade que o pintor não pode pintar: o pai pegando o filho no colo, os dois rindo de felicidade...

O tempo passa. Os pássaros tímidos aprendem a voar sem medo. É a adolescência. Pobre do pai que continua a estender os braços para o filho adolescente. Adolescente não quer ninho. Adolescente quer asas. Voar, voar... A volta ao ninho é o momento que não se deseja. Porque a vida não está no ninho, está no voo. Se eles procuram os olhos dos pais, não é para se certificarem de que estão sendo vistos, mas para se certificarem de que não estão sendo vistos! Aos pais só resta contemplar, impotentes, o voo dos filhos para onde eles mesmos não podem ir. E o pai se tranquiliza e pode finalmente dormir ao ouvir, de madrugada, o barulho da chave na porta: "Ele voltou".

Mas chega o momento quando os filhos partem para não mais voltar.

Através da minha janela vejo um ninho que rolinhas construíram nas folhas de uma palmeira. A pombinha está chocando seus ovos. Vejo sua cabecinha aparecendo fora do ninho. Mas numa outra folha da mesma palmeira há outro ninho, abandonado. Esse é o destino dos ninhos, de todos os ninhos: o abandono.

Gibran Khalil Gibran escreveu, no seu livro *O profeta*, um texto dedicado aos filhos. Não sei de cor suas precisas palavras. Mas vou tentar reconstruí-las. É aos pais que ele se dirige: "Vossos filhos não são vossos filhos. Vossos filhos são flechas. Vós sois o arco que dispara as flechas. Disparadas as flechas, elas voam para longe e o arco fica só".

Este é o destino dos pais: a solidão. Os filhos partem para construir seus próprios ninhos e é a esses ninhos que eles deverão retornar.

Assim é com os bichos. Deveria ser conosco também. Mas não é. Quem é pai tem o coração fora de lugar, coração que caminha, para sempre, por caminhos fora do seu próprio corpo. Dito pela Adélia: "Pior inferno é ver um filho sofrer sem poder ficar no lugar dele". Dito pelo Vinícius, escrevendo ao filho: "(...) e eu, muitas noites, me debrucei sobre o teu berço e verti sobre teu pequenino corpo adormecido as minhas mais indefesas lágrimas de amor, e pedi a todas as divindades que cravassem na minha carne as farpas feitas para a tua".

Sei que é inevitável e bom que os filhos deixem de ser crianças e abandonem a proteção do ninho. Eu mesmo sempre os empurrei para fora.

Sei que é inevitável que eles voem em todas as direções como andorinhas adoidadas.

Sei que é inevitável que eles construam seus próprios ninhos e eu fique como o ninho abandonado no alto da palmeira...

Mas, o que eu queria, mesmo, era poder fazê-los de novo dormir no meu colo...

Talvez o meu destino seja eternamente ser guarda-livros, e a poesia ou a literatura uma borboleta que, pousando-me na cabeça, me torne tanto mais ridículo quanto maior for a sua própria beleza. (Fernando Pessoa)

Acreditar em Deus é, antes de mais nada e principalmente, querer que ele exista. (Unamuno)

A HORA DA POESIA

Há pessoas que já nascem na poesia. Assim foi com Fernando Pessoa, Cecília Meireles, Adélia Prado, Emily Dickinson. Comigo não foi assim. Se a poesia já estava em mim, ela estava dormindo, como a Bela Adormecida. Eu não sabia que ela estava lá. Foi preciso que um poema a acordasse.

Não estou bem certo, mas minha memória diz que foi um poema de Robert Frost, aquele que tem o título de "Parando pelos bosques numa noite de neve". É assim que ele termina:

Os bosques são belos, escuros e fundos.
Mas eu tenho promessas a guardar
e muitas milhas a andar
antes de poder dormir.
Sim, antes de poder dormir.

Eu lia esse poema para os meus alunos – o que fazia por puro prazer porque nunca tive competência para ser professor de literatura. O poema pede repetição. Ler uma vez, outra vez, bem devagar...

Há de se saber o tempo do poema. Poemas são como a música. Os compositores colocam no alto da primeira página a indicação do tempo, adágio, *allegro*, presto.

A beleza segue um ritmo certo. Talvez os poetas devessem fazer com seus poemas o que fazem os compositores.

Li num tempo vagaroso, duas vezes, voz baixa...

Foi quando ouvi um soluço no fundo da sala. Alguém chorava. Uma aluna. Perguntei a razão do choro. Ela me disse: "Esse poema, esse poema...". "Mas o que no poema a faz chorar?", perguntei. Ela respondeu: "Não sei, não sei, só sei que ele me fez chorar".

E aí fiquei pensando na presença que se escondia no bosque belo, escuro e fundo. A presença não dita que se esconde no bosque é a morte.

Note o "mas" que separa o primeiro verso do resto do poema. Por que o "mas"? Parece não haver razão. A menos que o poeta, ao olhar para a beleza escura que morava na fundura do bosque, tenha ouvido uma voz a chamá-lo, a voz de uma presença invisível no meio das árvores.

Esse "mas" é um declinar do convite. Pelo menos agora... É certo que chegará um momento em que o convite não poderá ser recusado – mas agora não, ainda tenho promessas a cumprir e milhas a andar...

Não, poesia não é uma coisa, não é o poema. Muitos ouviram o poema sem que nada tivesse vibrado dentro deles. A poesia é algo que acontece na alma quando uma palavra faz o corpo tremer.

Esse tremor pode ser tristeza, riso, beleza, silêncio. Emily Dickinson, a solitária poeta norte-americana, escrevendo a um amigo, revelou-lhe o que era, para ela, a marca da poesia: "Quando leio um texto e me sinto tão fria que nenhum fogo pode me aquecer, sei que aquilo é poesia. Se leio um texto e sinto como se o topo da minha cabeça me tivesse sido arrancado, sei que aquilo é poesia". Ela não mencionou nenhuma propriedade formal como ritmo ou rima como o essencial da poesia. Ela mencionou algo que acontece com o corpo quando tocado pela palavra poética.

Poesia é música. Por isso é preciso lê-la em voz alta. Ouve-se sempre uma música nos interstícios das palavras do poeta. "(...) e a melodia/que não havia/se agora a lembro/faz-me chorar". Era assim que Fernando Pessoa sentia.

A poesia tem sua hora, como os pássaros. Os tempos do dia são vários. Num momento de vagabundagem em que seus olhos brincavam com os pássaros que voavam, Albert Camus notou que pela manhã eles se parecem com crianças que brincam, voam em todas as direções. Mas ao pôr do sol eles se tornam graves e voam numa única direção. O pôr do sol é hora de voltar para casa.

Fantasio o rosto grave do poeta, atento às palavras que lhe vêm, ele não sabe de onde. Imaginei que era o crepúsculo. O dia havia chegado ao fim, hora quando não há nada mais a ser feito porque a noite vai logo cobrir o mundo com seu veludo, e o poeta, à semelhança do casal que Millet colocou na tela *Ângelus*, para e medita.

Medita sobre o quê? Medita sobre a vida. Medita sobre a morte.

Ao ler pela primeira vez o poema "O haver", do Vinícius, senti-me numa luz crepuscular. Mas logo me dei conta de que o "crepúsculo" seria a minha hora, a hora da minha vida e da minha morte. Eu sou um ser crepuscular. É ao pôr do sol que a poesia me toca mais fundo.

Mas o Vinícius não era um poeta do crepúsculo. Era um poeta da noite. Há a noite das noitadas, dos amigos, do uísque, do violão. E há a noite quando todos se foram, o silêncio. Noite madrugada. Noite solidão. Noite oração. Apenas o som de passos de alguém que caminha na rua. Era nas madrugadas que a poesia lhe vinha mais funda, metafísica.

Sob a luz do crepúsculo eu medito. Releio o poema de Frost:

Os bosques são belos, escuros e fundos.
Mas eu tenho promessas a guardar

*e muitas milhas a andar
antes de poder dormir.
Sim, antes de poder dormir.*

Vejo o bosque escuro. Ouço uma sedutora voz que me chama, convidando-me ao cobertor aconchegante da noite. Aí eu digo "Não"! Tenho ainda promessas a cumprir – promessas que fiz a mim mesmo, livros a escrever, que é o jeito que tenho de espalhar-me por muitos para não desaparecer... E muitas milhas a andar porque há muitas coisas a amar.

Aí eu sinto a mesma coisa que sentiu a minha aluna na sala de aula. Tenho vontade de chorar...

Prefiro a derrota com o conhecimento da beleza das flores, que a vitória no meio dos desertos, cheia da cegueira da alma a sós com a sua nulidade separada. (Fernando Pessoa)

Se a mortalidade da alma é terrível, a sua imortalidade não o é menos. (Unamuno)

MORANGOS À BEIRA DO ABISMO

Ritual besta, esse de apagar velas pelo aniversário. Será que ninguém percebe que ao apagar as velas estamos anunciando o progressivo triunfo da morte? Preferiria que se acendessem velas... Pois muitas das minhas velas já foram apagadas...

Lembro-me da festa de aniversário para o meu pai quando ele completou 60. Pelas aparências, ele estava feliz: comia, bebia, ria, falava. Em silêncio eu o observava e pensava: "Como está velho...". Vieram-me à memória os versos de T.S. Eliot: "Dirão eles: 'Como andam ralos seus cabelos!'. Meu fraque, meu colarinho a empinar-me com firmeza o queixo, minha soberba e modesta gravata, mas que um singelo alfinete apruma. – Dirão eles: 'Mas como estão finos os seus braços e pernas!'". Compreenderei se pessoas olharem para mim e pensarem pensamentos parecidos aos que pensei ao olhar o meu pai.

Comovo-me ao recordar-me do poema do Vinícius "O haver". É um poema crepuscular. Ele contempla o horizonte avermelhado, volta-se para trás e faz um inventário do que sobrou. Fiquei com vontade de fazer algo parecido, sabendo que não sou Vinícius, não sou poeta, nada sei sobre métrica e rimas. E eu começaria cada parágrafo com a mesma palavra com que ele começou suas estrofes: Resta...

Resta a luz do crepúsculo, essa mistura dilacerante de beleza e tristeza. Antes que comece ao fim do dia, o crepúsculo começa na gente. O Miguelim menino já sentia assim: "O tempo não cabia.

De manhã já era noite...". Assim eu me sinto, um ser crepuscular. Um verso de Rilke me conta a verdade sobre a vida: "Quem foi que assim nos fascinou para que tivéssemos um ar de despedida em tudo o que fazemos?".

Restam os amigos. Quando tudo está perdido os amigos permanecem. Lembro-me da antiga canção de Carole King "You've got a friend":

Se você está triste, no fundo do abismo e tudo está dando errado, precisando de alguém que o ajude, feche os olhos e pense em mim. Logo estarei a seu lado para iluminar a noite escura. Basta que você chame o meu nome. Você sabe que virei correndo pra ver você de novo. Inverno, primavera, verão ou outono, basta chamar que eu estarei a seu lado. Você tem um amigo...

Tenho muitos amigos que continuam a gostar de mim a despeito de me conhecerem. E tenho também muitos amigos que nunca vi.

Resta a experiência de um tempo que passa cada vez mais depressa. *Tempus fugit.* "Quando se vê, já são seis horas: há tempo... Quando se vê, já é sexta-feira... Quando se vê, passaram 60 anos!" (Mário Quintana).

Resta um amor por nossa Terra, nossa namorada, tão maltratada por pessoas que não a amam. Meu deus mora nas fontes, nos rios, nos mares, nas matas. Mora nos bichos grandes e nos bichos pequenos. Mora no vento, nas nuvens, na chuva. Eu poderia ter sido um jardineiro... Como não fui, tento fazer jardinagem como educador, ensinando às crianças, minhas amigas, o encanto pela natureza.

Resta um Rubem por vezes áspero, com quem luto permanentemente e que, frequentemente, burlando a minha guarda, aflora no meu rosto e nas minhas palavras, machucando aqueles que amo.

Resta uma catedral em ruínas onde outrora moravam meus deuses. Agora ela está vazia. Meus deuses morreram. Suas cinzas, então, voaram ao vento.

Resta, na catedral vazia, a luz dos vitrais coloridos, o silêncio, o repicar dos sinos, o Canto Gregoriano, a música de Bach, de Beethoven, de Brahms, de Rachmaninoff, de Faure, de Ravel...

Resta ainda, nos pátios da catedral arruinada, a música do Jobim, do Chico, do Piazzola...

Resta uma pergunta para a qual não tenho resposta. Perguntaram-me se acredito em Deus. Respondi com versos do Chico: "(...) saudade é o revés de um parto. A saudade é arrumar o quarto do filho que já morreu". Qual é a mãe que mais ama? A que arruma o quarto para o filho que vai voltar ou a que arruma o quarto para o filho que não vai voltar? Sou um construtor de altares. É o meu jeito de arrumar o quarto. Construo meus altares à beira de um abismo escuro e silencioso. Eu os construo com poesia e música. Os fogos que neles acendo iluminam o meu rosto e me aquecem. Mas o abismo permanece escuro e silencioso.

Resta uma criança que mora nesse corpo de velho e procura companheiros para brincar. De que é que a alma tem sede? "De qualquer coisa como tudo que foi a nossa infância. Dos brinquedos mortos, das tias velhas idas. Essas coisas é que são a realidade, embora morressem (...)". "Não há império que valha que por ele se parta uma boneca de criança" (Bernardo Soares).

Resta um palhaço... Na véspera de minha volta ao Brasil, a jovem ruiva sardenta que havia sido minha aluna entrou na minha sala e me disse: "Sonhei com você. Sonhei que você era um palhaço". E sorriu. Tenho prazer em fazer os outros rirem com minhas palhacices. O que escrevo, frequentemente, é um espetáculo de circo. Faço malabarismos com palavras. Pois a vida não é um circo?

Resta uma ternura por tudo o que é fraco, do pássaro de asa quebrada ao velho trôpego e surdo. Fui um adolescente fraco e amedrontado. Apanhei sem reagir. Cresceu então dentro de mim uma fera que dorme. Toda vez que vejo uma pessoa humilde e indefesa sendo humilhada por uma pessoa que se julga grande coisa, a fera acorda e ruge. Tenho medo dela.

Resta a minha fidelidade às minhas opiniões que teimo em tornar públicas, o que me tem valido muitas tristezas e sucessivos exílios. Mas sei que minhas opiniões, todas as opiniões, não passam de opiniões. Não são a verdade. Ninguém sabe o que é a verdade. Meu passado está cheio de certezas absolutas que ruíram com os meus deuses. Todas as pessoas que se julgam possuidoras da verdade se tornam inquisidoras. Por isso é preciso tolerância.

Resta uma tristeza de morrer. A vida é tão bonita. Não é medo. É tristeza mesmo. Lembro-me dos versos de Cecília Meireles, que sentia a mesma coisa: "E eu fico a meditar se depois de muito navegar a algum lugar enfim se chega... O que será, talvez, até mais triste. Nem barcas, nem gaivotas. Apenas sobre-humanas companhias. Com que tristeza o horizonte avisto, aproximado e sem recurso. Que pena a vida ser só isto...".

Resta um medo do morrer – aquelas coisas que vêm antes que a morte chegue. Acho que as pessoas deveriam ter o direito de dizer, se quisessem: "É hora de partir...". E partiriam. Se Deus existe e se Deus é bondade, não posso crer que Ele ou Ela nos tenha condenado ao sofrimento, como última frase da nossa sonata. A última frase deve ser bela.

Resta quanto tempo? Não sei. O relógio da vida não tem ponteiros. Só se ouve o tique-taque... Só posso dizer: *Carpe diem* – colha o dia como um morango vermelho que cresce à beira do abismo. É o que tento fazer.

LIÇÕES DE POLÍTICA

Imagino que as crianças fiquem muito confusas com as notícias sobre política. Resolvi, então, preparar uma pequena cartilha que as ajudará a entender essa coisa misteriosa que é o centro da vida nacional.

1. Somos uma democracia. A democracia é o melhor sistema político. É o melhor porque nele, ao contrário das ditaduras, é o povo que toma as decisões.

2. Em Atenas, berço da democracia, era fácil consultar a vontade do povo. Atenas era uma cidade com poucos moradores. Eles se reuniam numa praça e tomavam as decisões pelo voto. Mas no Brasil são milhares de cidades, espalhadas por milhares de quilômetros, e os cidadãos são milhões. Não podemos fazer uma democracia como a de Atenas. Esse problema foi resolvido de forma engenhosa: os cidadãos, milhões, escolhem por meio de votos uns poucos que irão representá-los. O Congresso é a nossa Atenas.

3. Assim, um vereador, um deputado, um senador, um prefeito, um governador, um presidente são pessoas que abriram mão de seus interesses para cuidar apenas dos interesses do povo que eles representam.

4. É assim na teoria. Na prática é assim...

5. As raposas, devotas de são Francisco, sabem que é dando que se recebe. Assim, movidas por esse ideal espiritual, elas dão muito milho para as galinhas.

6. As galinhas, interesseiras e tolas, tomam esse gesto das raposas como expressão de amizade. A abundância do milho as faz confiar nas raposas. E como expressão da sua confiança nascida do milho, elas elegem as raposas como suas representantes.

7. Eleitas por voto democrático, às raposas é dado o direito de fazer as leis que regularão o comportamento das galinhas.

8. As leis que regem o comportamento das raposas não são as mesmas que regem o comportamento das galinhas. Sendo representantes do povo, precisam de proteção especial. Essa proteção tem o nome de "privilégios", isto é, leis privadas que se aplicam aos poucos especiais.

9. Privilégio é assim: raposa julga galinha. Mas galinha não julga raposa. Raposa julga raposa. Logo, raposa absolve raposa.

10. "Todos os cidadãos são livres e têm o direito de exercer a sua liberdade." As galinhas são vegetarianas e têm direito de comer milho. As raposas são carnívoras e têm o direito de comer as galinhas.

11. A vontade das galinhas, ainda que seja a vontade de todas as galinhas, não tem valia. Vontade de galinha solitária só serve para escolher seus representantes. A vontade que tem poder é a das raposas.

12. Permanece a sabedoria secular de santo Agostinho, aqui traduzida em linguagem brasileira: "Tudo começa com uma quadrilha de tipos 'fora da lei' – criminosos, ladrões, corruptos, doleiros, burladores do fisco, mafiosos, mentirosos, traficantes. Se essa quadrilha de criminosos se expande, aumenta em número, toma posse de lugares, de cargos, de ministérios, da presidência de empresas e

fica poderosa a ponto de dominar e intimidar os cidadãos, estabelecendo suas leis sobre como repartir a corrupção, ela deixa de ser chamada de quadrilha e passa a ser chamada de Estado. Não por ter-se tornado justa, mas porque aos seus crimes se agregou a impunidade".

Meu passeio calado é uma conversa contínua, e todos nós, homens, casas, pedras, cartazes e céu, somos uma grande multidão amiga, acotovelando-se de palavras na grande procissão do Destino. (Fernando Pessoa)

Mais vezes tenho visto um gato a raciocinar do que a rir ou a chorar. Talvez chore por dentro, mas também, por dentro, talvez o caranguejo resolva equações do segundo grau. (Unamuno)

ANTES DE PARTIR

Vi o filme *Antes de partir*. A ação se passa contra um fundo triste: o morrer com tempo contado. Mas, na medida em que se desenvolve, a ação fica leve e divertida, provocando muitos risos.

Dois homens se encontram no mesmo quarto de hospital: um mecânico negro (Morgan Freeman) e um bilionário excêntrico (Jack Nicholson). É ali que os médicos lhes comunicam que eles têm seis meses de vida. Esse trágico destino comum une os dois, que se tornam amigos.

Passado o choque inicial, o bilionário tem uma ideia: viver, nesses poucos meses, tudo o que sempre desejaram viver e nunca o fizeram. O filme é o desenrolar de suas aventuras para realizar seus desejos. Fizeram então uma lista: visitar o Taj Mahal, voar sobre a calota polar, ver o Everest, guiar carros esportivos a toda velocidade, beijar a mulher mais bonita do mundo, visitar Hong Kong, chegar próximo dos leões e elefantes da África, passear nas muralhas da China. A lista é longa. Não me lembro de todos os itens.

Aí fiquei pensando que a realização dos desejos da lista só foi possível porque um deles era como esses gênios engarrafados que têm poder para fazer qualquer coisa. Ele não era um gênio, mas um bilionário, que é o equivalente mais próximo. Infelizmente nem todos têm bilionários à sua disposição para a realização dos seus desejos...

Ao sair do cinema comecei a pensar... Lembrei-me que o grupo que se reúne comigo há mais de 12 anos para ler poesia teve uma ideia parecida. Estávamos lendo alguns poemas que falavam de morte e um médico sugeriu que fizéssemos uma brincadeira: que imaginássemos que teríamos apenas um ano de vida pela frente. Que transformações esse fato traria para nossas vidas? Todos foram para casa com essa tarefa: imaginar-se vivendo seu último ano de vida.

Essa situação provoca, preliminarmente, uma assepsia no pensamento. O tempo é curto e tudo aquilo que não é essencial deve ser descartado. Demo-nos conta da quantidade de lixo que carregávamos. Besteiras. Coisas inúteis. Mesquinharias. Intolerâncias. Tomamos consciência também das coisas que gostaríamos de fazer e não fazíamos por vergonha, medo do riso dos outros. Um médico confessou que um dos seus desejos de menino era tomar banho de chuva pelado. E por que não? Eu levei a coisa a sério. Olhei para as centenas de livros que ajuntara e percebi que nunca os leria, por falta de tempo e porque não os amava. Só serviam para juntar ácaros e poeira. Dei então, para os meus alunos, metade da minha biblioteca. Guardei os livros que eu amava e leria de novo.

Fiquei mais leve. Acho que esse é um exercício que todo mundo deveria fazer. Afinal de contas, nunca se sabe se este ano será o último.

Aí comecei a pensar na minha lista. Que itens eu colocaria nela? Quais seriam minhas últimas vontades? Minha lista seria muito diferente. Eu não visitaria lugares espetaculares. Lugares espetaculares podem me assombrar e eu quereria vê-los, se houvesse tempo. Mas o tempo sendo curto, eu trataria de identificar o que me é essencial. E o que me é essencial são as pequenas alegrias do dia a dia que acontecem sem estardalhaço, quietamente.

Meu primeiro desejo seria amar e ser amado. Porque, como escreveu o Vinícius, para isso nascemos, para amar e ser amados. Quando se ama e se é amado, qualquer coisinha boba é motivo de alegria: um capim-gordura florido iluminado pela luz do sol; um copo de chá gelado num dia quente; um banho morno de chuveiro; passear num mercado de mãos dadas; ficar ensopado de chuva; um banho de cachoeira; um sanduíche de queijo...

E, ao contrário, se não se ama e não se é amado, o hotel mais luxuoso, o cenário mais lindo, o restaurante mais caro – tudo fica triste.

Eu escrevi "em primeiro lugar". Agora, que paro para pensar no que viria depois, descubro que não quero nada depois do "amar e ser amado". Amar e ser amado me bastaria.

É, meus seis meses nada teriam de espetacular. Não se prestariam para virar filme...

Por mais de uma vez se tem dito que todo homem desgraçado prefere ser quem é, ainda mesmo com as suas desgraças, a ser outrem, sem elas. (Unamuno)

Não é nos largos campos ou nos jardins grandes que vejo chegar a primavera. É nas poucas árvores pobres de um largo pequeno da cidade. Ali a verdura destaca como uma dádiva e é alegre como uma boa tristeza.
(Fernando Pessoa)

SENSIBILIDADE AO JULGAR

Conta-se de um escocês, homem rural, acostumado à vastidão e à solidão dos campos, pastor de ovelhas, que pela primeira vez visitou Londres. Voltando à sua aldeia, todos se reuniram a seu redor para ouvir as coisas da grande cidade. Feito silêncio, ele começou: "Os ingleses são gente muito estranha. Vejam vocês, eram duas horas da manhã. Eu estava sozinho no meu quarto de hotel. De repente começaram a esmurrar minha porta aos gritos, a me ofender com palavrões, dizendo que iam chamar a polícia". "E você, o que fez?", perguntaram seus ouvintes. "Não me perturbei. Continuei tranquilamente a tocar minha gaita de foles."

No meio de uma pastagem, sozinho com suas ovelhas, ele tinha liberdade para tocar sua gaita de foles a qualquer hora do dia e da noite. Mas num hotel havia os outros.

O indivíduo solitário, seja o pastor na solidão dos campos, seja o monge na sua cela, seja qualquer pessoa sozinha na sua casa, goza de liberdade total. Para essa pessoa, a lei não existe. Mas essa mesma liberdade deixa de ser um direito quando o indivíduo se encontra com outros. Uma única pessoa tira a minha liberdade. Tenho de pensar nela ao agir. Os outros hóspedes do hotel tiram a liberdade do pastor tocador de gaita de foles porque eles querem silêncio, querem dormir. Na sociedade não se permitem solos. Na sociedade só há orquestras. As notas têm de estar harmonizadas umas com as outras. "A minha liberdade termina quando começa a liberdade do meu próximo." A lei é um limite que se coloca à liberdade do indivíduo. Esse é o preço que os indivíduos têm de pagar pelos benefícios da convivência social e para os bens da cultura.

Vi, faz tempo, um filme do Fellini intitulado *Ensaio de orquestra*. É um ensaio de orquestra do princípio ao fim: regente e músicos numa mesma sala. Mas, aos poucos, algo inusitado acontece: os músicos começam a fazer o que lhes dá na telha, cada instrumentista toca do jeito que quer, até que um violoncelista transa com a pianista debaixo do piano. O ensaio se transforma numa bagunça, orgia, ninguém presta atenção no maestro. A orquestra já não produz música, só barulho e confusão. Finalmente os músicos expulsam o maestro e o substituem por um metrônomo gigantesco. Mas, enquanto isso acontece, a intervalos regulares ouve-se um barulho surdo, sinistro, algo que se choca com a parede dos fundos e faz o prédio estremecer. De repente, a coisa que provocava o barulho bate com mais força: era uma daquelas esferas de ferro presas a um guindaste, usadas para demolição. Ela faz um rombo na parede, a sala se enche de poeira, todos param assustados, o maestro volta, os músicos retomam seus lugares e a música se inicia de novo. Sem a lei dos gestos do maestro, não há música. E o metrônomo não substitui o maestro.

Geralmente a figura de um juiz está associada à clássica imagem da Justiça, cega, com a balança na mão. A Justiça cega nada vê. Só pesa. Os seres humanos lhe são indiferentes. O que importa é a lei. Parecida com o metrônomo, mede o tempo da música sem ouvir a música. Mas metrônomo não faz música. Porque o texto da partitura, tal como o texto da lei, tem um elemento imponderável que só a sensibilidade do maestro e a sensibilidade do juiz podem perceber. Se não fosse assim, os maestros seriam dispensáveis. E os juízes poderiam ser substituídos por computadores. O que faz a diferença na interpretação da mesma partitura musical é a sensibilidade do maestro. Metrônomos não têm sensibilidade. Portanto, não fazem música. Juízes de olhos vendados podem fazer "legalidade", mas não fazem justiça. Legalidade é quando a lei se impõe sobre a vida: soldados marchando. Mas a justiça acontece quando a harmonia da sociedade e o bem dos cidadãos são realizados.

Daí se entende o dito de Jesus, ao quebrar várias vezes a lei: "O homem não foi feito para a lei. A lei é que foi feita para o homem". A lei não é um fim. A lei é um meio para o bem supremo que é a bondade.

Fica aí a sugestão de mudar o símbolo: substituir a deusa de olhos vendados com balança na mão pela imagem do maestro à frente de uma orquestra.

As pessoas que só pensam com o cérebro tornam-se definidores, fazem-se profissionais do pensamento. (Unamuno)

*Minha alma é uma orquestra oculta; não sei que instrumentos tangem e rangem, cordas e harpas, timbales e tambores, dentro de mim. Só me conheço como sinfonia.
(Fernando Pessoa)*

ÁLBUM DE RETRATOS

As palavras ficam velhas como os objetos. Obsoletos e sem uso, os objetos são guardados, não sei por que, em gavetas que nunca são abertas. Ficam lá, esquecidos... Também as palavras sem uso são guardadas nas prateleiras escuras da memória onde o tempo as cobre de poeira. Quem as usa revela pertencer a um mundo que não existe mais. Meu irmão pediu a seu neto de 12 anos que lhe trouxesse um objeto que estava no automóvel. O menino ficou a olhar para o avô sem entender. "Vô", ele finalmente perguntou, "o que é automóvel?". Hoje ninguém diz automóvel. "Automóvel" é palavra do passado. O mesmo acontece com uma outra palavra obsoleta: retrato. "Máquina de tirar retrato" – esse era o nome antigo para as câmeras fotográficas. Quem diz "automóvel" e quem diz "retrato" está confessando sua idade. Somente um velho empregaria essas palavras. Deve ter mais de 60 anos. Eu sou velho. Sinto-me em casa tanto com o automóvel quanto com o retrato, meus companheiros de juventude.

No sobradão colonial do meu avô havia um armário onde se guardavam os "álbuns de retratos". Eram livros solenes, pesados, com grossas capas de madeira cobertas com veludo e fecho de metal. Lembro-me de um com capa de veludo ouro e outro com capa de veludo roxo. Abria-se o álbum de retratos e o que se via eram perfis de homens graves e solenes, com barba e bigode, e rostos de mulheres sérias, com golas bordadas e camafeus. Era impossível adivinhar o espaço e o tempo daqueles retratos. Onde? Quando? Os retratos não davam pistas. Estavam fora do espaço e fora do tempo.

Eram livros-mistério porque minhas tias não se lembravam de quem eram os retratados. Dos retratos só se ouvia o silêncio. Permaneceram os retratos como enigmas para os olhos. Mas as pessoas haviam morrido no esquecimento. E não será esse o objetivo do retrato? Burlar a morte? Continuar entre os vivos depois de a morte haver feito seu trabalho de ausência? Morto o retratado, esses retratos seriam promovidos às paredes das salas de visita, onde permaneceriam para sempre em seus ataúdes de forma oval. Lá do alto, do seu silêncio, seus olhos jamais se fechavam. Vigiavam tudo.

Aí a vida começou a entrar devagarinho nos álbuns de retratos. Famílias inteiras passaram a ser objetos das máquinas de retratos. O modelo era rigidamente o mesmo para todas as famílias. Agora há espaço e há tempo. O cenário era a sala mais nobre da casa. O retrato havia de mostrar a opulência da família. No centro, o marido, chefe, dono, pai, impecavelmente vestido, assentado numa cadeira nobre, pernas cruzadas, botinas brilhantes e meias à mostra, tendo a mão solenemente apoiada sobre a curva de uma bengala. Ao seu lado direito a esposa, de pé, com a mão esquerda sobre o ombro do marido. No chão, as crianças.

Retrato de família, retrato de uma ordem social. Essa bengala sobre a qual a mão masculina se apoia não simboliza um cetro real, emblema de poder? E não é por acaso que a mão da esposa está colocada sobre o ombro do marido. Essa mão no ombro define o lugar e o papel das mulheres: elas não têm um lugar delas mesmas. Seu lugar é ao lado do seu homem. É o homem que lhes confere uma posição no mundo. Está dito nos livros sagrados: a mulher foi um pensamento posterior do Criador. Ele a tirou da costela de Adão com a missão específica de ser sua ajudadora. Por isso é certo que ela esteja de pé. Homem assentado é o senhor que descansa do seu trabalho. Mulher assentada é a ajudadora que não está ajudando. É preciso que a mulher seja fixada no retrato na sua essência: sempre de pé, pronta a servir. Sua mão sobre o ombro do marido está dizendo: "Não sou minha. Sou do meu marido. Eu obedeço". Não há sorrisos. Os rostos não revelam emoções. Sorriso é evidência de leviandade. Mas a família é coisa grave. É possível reconstruir as transformações da família e da sociedade através do tempo pelo simples exame atento dos álbuns de retratos.

Aí então aconteceu o milagre. O poder de tirar retratos se democratizou. Apareceram as câmeras portáteis. As máquinas mágicas de imobilizar o tempo podiam ser levadas na mão, por todos os lugares. O espaço da fotografia se expandiu. A vida podia ser capturada no momento mesmo em que estava acontecendo, sem as petrificações exigidas pelos trambolhos obsoletos. Crianças brincando, piqueniques, momentos do trabalho, recantos da natureza, amigos assentados à mesa de um bar tomando cerveja.

Uma fotografia é um artifício mágico que tem o poder de fixar um momento da vida e guardá-lo fora do tempo, para que seja eterno. Na fotografia o tempo não existe. Folheando um velho álbum de retratos, vejo a minha família, pai, mãe, irmãos. É um retrato velho. Mas hoje, passados muitos anos, ele está do mesmo jeito. A mão de meu pai não saiu do lugar. E minha mãe não se cansou de estar de pé. Essa imobilidade do tempo só acontece porque, no retrato, a vida é retirada da cena. Barthes chegou a afirmar que a única coisa que via nas fotografias era a morte. Meu filho chorou ao ver a fotografia de sua filha ainda menina pequena, agora mocinha. A menina pequena deixara de existir.

Os álbuns de retratos têm o poder de desferir dolorosos golpes narcísicos. No *Livro do desassossego*, Fernando Pessoa comenta seu desgosto ao ver uma fotografia tirada no escritório onde trabalhava. "Pareço um jesuíta frustro. A minha cara magra e inexpressiva nem tem inteligência, nem intensidade, nem qualquer outra coisa...". Nesse momento chegou o chefe Moreira, que observou: "Você ficou muito bem". E virando-se para o caixeiro da praça comentou: "É mesmo a carinha dele, hein?". Naquela foto de há não sei quantos anos eu me vejo como fui. Eu era assim. Mas não gosto de me ver como eu fui. Confesso que cheguei a arrancar de um álbum de retratos várias fotografias minhas. Rasguei-as para que ninguém pudesse vê-las. Nem eu.

Marcel Proust escreveu um livro a que deu o nome de *Em busca do tempo perdido*. Veio-me agora uma suspeita estranha, de que quando vivemos a vida, não nos demos conta de que estávamos a vivê-la. Vivemo-la sonambulicamente. Depois de passado o tempo, ao nos recordar, vivemos o passado no presente, como não o havíamos vivido quando aconteceu, no passado. Vivemos direito o passado quando o recordamos. Porque então, ao vê-lo passado, imobilizado no retrato, nos comovemos e choramos...

Todo conhecimento tem uma finalidade. Saber por saber, por mais que se diga o contrário, não passa de lamentável petição de princípio. (Unamuno)

Se medito, não penso. Nesses dias gosto muito dos jardins. (Fernando Pessoa)

A GENTE É VELHO...

> Havia alguns dias, acabara-se a vindima; os visitantes da cidade já se haviam retirado; os camponeses também deixavam os campos até os trabalhos do inverno. O campo ainda verde e vicejante, porém desfolhado em parte e já quase deserto, oferecia por toda parte a imagem da solidão e da aproximação do inverno. De seu aspecto resultava uma impressão ao mesmo tempo doce e triste, por demais análoga à minha idade e ao meu destino, para que não a aplicasse a mim. (Rousseau, *Devaneios do caminhante solitário*)

Desfiz 75 anos. Cada aniversário é mais um ano que se desfaz. Por isso se sopram velas. Cada vela apagada anuncia que a morte avançou. É triste. As pessoas, sem atentarem para o sentido das velas apagadas, batem palmas e riem. Pensando sobre a minha velhice, escrevi este texto que ofereço a vocês.

A gente é velho quando, para descer uma escada, segura firme no corrimão. E os olhos olham para baixo para medir o tamanho dos degraus e a posição dos pés.

Quando eu era moço não era assim. Não segurava no corrimão e não media degraus e pés. Descia os dois lances de escada do sobrado do meu avô da mesma forma como um pianista toca uma escala descendente. Arthur Moreira Lima acabou de tocar o "Prelúdio 15", de Chopin, também chamado "o da gota d'água". Tranquilo como uma gota d'água que pinga. Começou o "Prelúdio 16", que é uma fúria absoluta. Ele, pianista, não pensa. Se pensasse não conseguiria tocar porque o pensamento não consegue seguir a velocidade das notas. Se não pensa, como é que toca? Toca porque seus dedos sabem sem que a cabeça saiba. O pianista se abandona ao saber do corpo.

Assim era eu, descendo as escadas do sobrado do meu avô. Sem pensar. E nunca tropecei, nunca caí. Mas, no dia em que o pé começou a tropeçar, a cabeça compreendeu que os pés já não sabiam como sabiam antes. É preciso que o corrimão, os olhos e o pensamento venham em auxílio do corpo que desaprendeu a lição. Depois virão as bengalas, esses corrimãos portáteis que se levam por onde se vai.

Alguns arquitetos, ignorando as necessidades dos velhos e a função dos corrimãos, fazem-nos como objetos de decoração, grandes demais, superfícies para a mão deslizar. Se o velho precisar se segurar no corrimão está perdido. O corrimão é grande demais para sua pequena mão. A gente é velho quando, no restaurante, é preciso cuidado ao levantar. Moço, as pernas sabem medir as distâncias que há debaixo da mesa. Mas agora é preciso olhar para medir a distância que há entre o pé da mesa e o bico do sapato. Se não se fizer isso, há o perigo de que o bico do sapato esbarre no pé da mesa e o pé da mesa lhe dê uma rasteira, você se estatelando no chão. A humilhação de você no chão, a humilhação dos olhares preocupados de todos... Quando se é velho, até uma pequena queda pode se transformar em catástrofe. Há sempre o perigo de uma fratura. Velho não pode sofrer fraturas. Na velhice também os ossos padecem de esquecimento. Eles não mais sabem colar as partes quebradas como dantes sabiam. Há, então, de se apelar para os pinos e parafusos.

A gente é velho quando é objeto de humilhações bondosas. Como aquela que aconteceu comigo 25 anos atrás. O metrô estava cheio. Jovem, segurei-me num balaústre. Notei então que uma jovem de uns 25 anos me olhava com um olhar amoroso. Olhei para ela. E houve um momento de suspensão romântica. Minha cabeça e meu coração se alegraram. Até o momento em que ela se levantou com um sorriso e me ofereceu o lugar. Foi um gesto de bondade. Com seu gesto ela me dizia: "O senhor me traz memórias ternas do meu avô". Lembrei-me dos versos de T.S. Eliot: "Dirão eles: 'Como andam ralos seus cabelos!'. Meu fraque, meu colarinho a empinar-me com firmeza o queixo, minha soberba e modesta gravata, mas que um singelo alfinete apruma. – Dirão eles: 'Mas como estão finos os seus braços e pernas!'".

A gente é velho quando entra no boxe do chuveiro com passos medrosos e cuidadosos. Há sempre o perigo de um escorregão. Por via das dúvidas, é bom mandar instalar no boxe uma daquelas barras metálicas horizontais que funcionam como corrimão.

A gente é velho quando começa a ter medo dos tapetes. Os tapetes são perigosos de duas maneiras. Há os pequenos tapetes de fundo liso que escorregam. E há os grandes tapetes que ficam com as pontas levantadas e que fazem ondas. O pé dos velhos movimenta-se no arrasto e tropeça na ponta levantada do tapete ou na armadilha da onda.

A gente é velho quando começa a ter medo dos fotógrafos. É preciso fugir deles. Fugir das fotos de perfil porque nelas as barbelas de nelore aparecem. Nelore é um boi branco – os pastos estão cheios deles, vivos, e as mesas também, sob o disfarce de bifes. Eles têm uma papada balançante, as barbelas, que vai da ponta do queixo (boi tem queixo?) até o peito. Velhice é quando as barbelas de nelore começam a aparecer. E elas fazem sofrer. Há sempre o recurso das plásticas. Mas seu alívio é efêmero. As barbelas voltam. No rosto dos velhos a força da gravidade fica visível. Aconteceu coisa parecida com o Elvis Presley. Jovem ainda, ficou muito gordo e começaram a aparecer não as barbelas, mas as papadas, e ele passou a usar camisas de gola alta para escondê-las. Aí vem a humilhação conclusiva. Prontas as fotos, eles nos mostram e dizem: "Como você está bem!".

A gente é velho quando, tendo de subir ao palco para dar uma palestra, tem sempre uma jovem simpática que nos oferece a mão, temendo que a gente se desequilibre e caia. A gente aceita o oferecimento com um sorriso. Nunca se sabe...

A gente é velho quando perde a vergonha e se desnuda escrevendo as coisas que escrevi.

O conhecimento está a serviço da necessidade de viver, a serviço do instinto de conservação pessoal. O homem vê, ouve, apalpa, saboreia e cheira aquilo que precisa ver, ouvir, apalpar, saborear ou cheirar para conservar sua vida.
(Unamuno)

GESTOS AMOROSOS

Dei-me conta de que estava velho cerca de 25 anos atrás. Já contei o ocorrido várias vezes, mas vou contá-lo de novo. Era uma tarde em São Paulo. Tomei um metrô. Estava cheio. Segurei-me num balaústre sem maiores problemas. Eu não tinha dificuldades de locomoção. Comecei a fazer algo que me dá prazer: ler o rosto das pessoas.

Os rostos são objetos oníricos: fazem sonhar. Muitas crônicas já foram escritas provocadas por um rosto – até mesmo o nosso, refletido no espelho. Estava eu entregue a esse exercício literário quando, ao passar de um livro para outro, isto é, de um rosto para outro, defrontei-me com uma jovem assentada que estava fazendo comigo aquilo que eu estava fazendo com os outros. Ela me olhava com um rosto calmo e não desviou o olhar quando os seus olhos se encontraram com os meus. Prova de que ela me achava bonito. Sorri para ela, ela sorriu para mim... Logo o sonho sugeriu uma crônica: "Professor da Unicamp se encontra, num vagão de metrô, com uma jovem que seria o amor de sua vida...".

Foi então que ela me fez um gesto amoroso: ela se levantou e me ofereceu o lugar. Maldita delicadeza! Seu gesto amoroso me humilhou e perfurou meu coração. E eu não tive alternativas. Como rejeitar gesto tão delicado? Remoendo-me de raiva e sorrindo, assentei-me no lugar que ela deixara para mim. Sim, sim, ela me achara bonito. Tão bonito quanto seu avô.

Aconteceu faz mais ou menos um mês. Era a festa de aniversário de minha nora. Muitos amigos, casais jovens, segundo minha maneira de avaliar a idade. Eu estava assentado numa cadeira do jardim observando de longe. Nesse momento chegou um jovem casal amigo. Quando a esposa jovem e bonita me viu, veio em minha direção para me cumprimentar. Fiz um gesto de levantar-me. Mas ela, delicadíssima, me disse: "Não, fique assentadinho aí". Se ela me tivesse dito simplesmente "Não precisa se levantar", eu não teria me perturbado. Mas o fio da navalha estava precisamente na palavra "assentadinho". Se eu fosse moço, ela não teria dito "assentadinho". Foi justamente essa palavra que me obrigou a levantar-me para provar que eu ainda era capaz de levantar-me e assentar-me. Fiquei com dó dela porque eu, no meio de uma risada, disse-lhe que ela acabava de dar-me uma punhalada.

Contei o acontecido para uma amiga, mais ou menos da minha idade. Ela me disse: "Estou só esperando que alguém venha até mim e, com a mão em concha, bata na minha bochecha dizendo: 'Mas que bonitinha!'. Acho que vou lhe dar um murro no nariz".

Vêm depois as grosserias a que nós, os velhos, somos submetidos nas salas de espera dos aeroportos. Pra começar, não entendo por que "velho" é politicamente incorreto. "Idoso" é palavra de fila de banco e de supermercado; "velho", ao contrário, pertence ao universo da poesia. Já imaginaram se o Hemingway tivesse dado a seu livro clássico o nome de *O idoso e o mar*? Já imaginaram um casal de cabelos brancos, o marido chamando a mulher de "minha idosa querida"?

Os alto-falantes nos aeroportos convocam as crianças, as gestantes, as pessoas com dificuldades de locomoção e a "melhor idade". Alguém acredita nisso? Os velhos não acreditam. Então, essa expressão "melhor idade" só pode ser gozação.

A PIOR IDADE

Deve ter sido um demônio zombeteiro disfarçado de anjo que inventou que a velhice é a "melhor idade". Chamar velhice de "melhor idade" só pode ser gozação, ironia, dizer o contrário do que se quer dar a entender.

O que me faz lembrar o acontecido há muitos anos. Naqueles tempos não havia o orgulho em ser negro. As alusões a cor eram tão proibidas quanto as sugestões sexuais. "Ela está grávida" – ninguém dizia isso, a palavra grávida era obscena, chula. Em vez da verdade nua e crua, uma expressão que todo mundo entendia sem precisar pronunciar a palavra obscena: "Ela está num 'estado interessante'". O que não deixava de ser uma ironia.

Pois uma família protestante se preparava para receber a visita de um conhecido pastor negro. (Um parêntese. Nos Estados Unidos a palavra "negro" era e é ofensiva. Em vez de "negro" [*nigro*] usa-se *black* – *black is beautiful*. A palavra "negro" era mais ofensiva ainda na sua forma corrompida *niger*. As crianças eram educadas para o racismo como se fosse a coisa mais natural, e eram ensinadas a cantar numa brincadeira: *Eeny, meeny, miny, moe, catch a niger by his toe* – Agarre o crioulo pelo dedão [nas versões modernas, livres de racismo, o *niger* foi substituído por *tiger*]. Em português, eu acho, o "negro" tem mais beleza poética que o preto. Acho mais bonito o "negro como as asas da graúna" do que o "preto como as asas da graúna".)

Acontecia que o tal pastor – isso era bem conhecido de todos – sofria de um humilhante complexo por causa de sua cor.

Os hospedeiros ficaram angustiados diante da possibilidade de que sua filha menor, de seis anos (um doce de menina), fizesse alguma referência pública à cor do hóspede. Trataram então de adverti-la: "Não diga jamais que o reverendo Clemente é preto".

A menina ouviu e aprendeu a lição. O hóspede chegou, tudo estava correndo às mil maravilhas, a menina doce se apaixonou pelo reverendo e sua cor e, num momento de carinho, assentada no joelho do hóspede, ela tomou a sua grande mão negra nas suas minúsculas mãos brancas e disse: "Sua mão é branquinha, sua mão é branquinha".

É precisamente isso que acontece quando os alto-falantes das salas de embarque nos aeroportos anunciam: "Terão prioridade para o embarque gestantes, crianças, pessoas com dificuldade de locomoção e pessoas da melhor idade".

Já reclamei com as funcionárias, dizendo-lhes da minha irritação. Elas me disseram que nada podiam fazer porque as ordens vinham de cima. Concluo que "em cima" não há nenhum velho.

A coisa mais humilhante da velhice é quando a gente começa a ser tratado como "objeto de respeito" e não como "objeto de desejo". Não quero ser respeitado. Quero ser desejado.

Eu não me descobri velho. Alguém me ensinou que eu era velho, mostrando-me um espelho.

Aconteceu faz 25 anos, uma tarde, no metrô, vagão cheio, tudo bem, eu me via jovem, pernas fortes, segurei-me num balaústre. Meus olhos começaram a passear pelo rosto dos passageiros – cada rosto é mais misterioso que um universo –, até que se encontraram com os olhos de uma jovem que me olhava. Eles, os seus olhos, sorriam para mim, fantasiei que ela me desejava, ficamos assim por alguns segundos trocando olhares de namorados até que ela, num gesto amoroso inesperado, se levantou e me ofereceu o lugar.

Descobri que ela não me desejava; ela me respeitava na minha condição de... velho. Seu gesto amoroso foi um espelho verdadeiro e cruel. Ela, jovem, vivia sua "melhor idade". E sua "melhor idade" fazia aquele gesto de respeito perante mim, em minha "pior idade".

Pelo que me diz respeito, jamais de bom grado me entregarei, nem outorgarei a minha confiança a um condutor de povos que não esteja penetrado da ideia de que, ao conduzir um povo, conduz homens, homens de carne e osso, homens que nascem, sofrem e, ainda que não queiram morrer, morrem; homens que são fins em si mesmos e não meios... (Unamuno)

Ah, é a saudade do outro que eu poderia ter sido que me dispersa e sobressalta!
(Fernando Pessoa)

Podemos ter um grande talento e sermos estúpidos de sentimentos e moralmente imbecis.
(Unamuno)

MINHA MÚSICA

Dizem que a razão por que se embalam as criancinhas em ritmo binário é porque durante nove meses ouvimos a pulsação binária do coração da mãe. O ritmo binário do coração da mãe se inscreve no corpo da criancinha como uma memória tranquilizadora. Se isso é verdade, tem de ser verdade também que a música ouvida em tempos anteriores à memória consciente, no sono fetal, torna-se parte na nossa carne. Comecei a ouvir música antes de nascer. Minha mãe era pianista e tocava. A música clássica é parte da minha carne.

Não é meu costume ouvir música enquanto escrevo. Fico possuído pela música, numa espécie de êxtase, e isso faz parar meus pensamentos. Contrariando meu hábito, coloquei no micro um CD de uma peça que nunca ouvira, sonata para violino e piano de César Franck. Minutos depois eu estava chorando. Aí interrompi o choro e fiz um exercício filosófico. Perguntei-me: Por que é que você está chorando? A resposta veio fácil: É por causa da beleza. Continuei: Mas o que é a experiência da beleza? Sem uma resposta pronta, veio-me algo que aprendi com Platão. Platão, quando não conseguia dar respostas racionais, inventava mitos. Ele contou que, antes de nascer, a alma contempla todas as coisas belas do universo. Essa experiência foi tão forte que todas as infinitas formas de beleza do universo ficam eternamente gravadas na alma. Ao nascer, esquecemo-nos delas. Mas não as perdemos. A beleza fica em nós, adormecida como um feto. Todos estamos grávidos de beleza, beleza que quer nascer para o mundo, qual uma criança.

Quando a beleza nasce, reencontramo-nos com nós mesmos e experimentamos a alegria.

Agora vem a minha contribuição. Continuo o mito. Há seres privilegiados – eles bem que poderiam ser chamados de anjos – aos quais é dado acesso a esse mundo espiritual de beleza. Eles veem e ouvem aquilo que nós nem vemos, nem ouvimos. E eles transformam então o que viram e ouviram em objetos belos que o corpo pode ver e ouvir. É assim que nasce a arte. Ao ouvir uma música que me comove por sua beleza, eu me reencontro com a mesma beleza que estava adormecida dentro de mim.

"Quando te vi amei-te já muito antes. Tornei a achar-te quando te encontrei..." – Essa é a mais bela declaração de amor que conheço, escrita pelo anjo Fernando Pessoa. Tu já estavas dentro de mim antes que te encontrasse. O nosso encontro não foi encontro; foi reencontro. Isso que o poeta diz para um homem ou uma mulher pode ser dito também para uma música: "Quando te ouvi, ouvi-te já muito antes. Tornei a ouvir-te quando te ouvi".

O que me comoveu, então, não foi a música de César Franck. Foi a sonata que estava adormecida dentro de mim e que a sonata de César Frank fez acordar. Ao me comover com a beleza da música, eu me reencontro com a minha própria beleza. Por isso a música me traz felicidade...

SOBRE GRAMÁTICOS E REVISORES

Os gramáticos são entidades dotadas de um grande poder. Eles têm o poder para baixar leis sobre como as palavras devem ser escritas e sobre como elas devem ser ajuntadas. Seu poder chega ao ponto de estabelecerem que uma certa palavra existe ou que tal palavra não existe. Quando a dita palavra aparece num texto, eles a desrealizam por meio de uma palavra latina *deleatur*, afirmando que se trata de um simples fantasma. Foi o que aconteceu com a palavra "estória". Atreva-se a escrevê-la! Os "revisores", policiais da língua que cumprem as ordens dos gramáticos, logo a transformam em "história", assumindo que o escritor a escreveu por ignorar que ela foi a óbito.

Os revisores são seres obedientes: cumprem e fazem cumprir as leis ditadas pelos gramáticos. Saramago descreve a sua condição como seres "atados de pés e mãos por um conjunto de proibições mais severas que um código penal". Olhos de falcão, têm de estar atentos aos mínimos detalhes. Sua concentração nos detalhes é de tal ordem que, por vezes, o sentido do texto, aquilo que o escritor está dizendo, lhes escapa.

Aconteceu comigo. Escrevi um livro: *O poeta, o guerreiro, o profeta*. O argumento se construía precisamente sobre a diferença entre "estória" e "história". Num capítulo, era "estória". No outro, era "história". Se ele, o revisor, tivesse prestado atenção naquilo que eu estava dizendo, teria notado que o aparecimento alternativo de "estória" e "história" não podia ser acidental. Mas ele, obediente às leis dos gramáticos, transformou todas as "estórias" em "história", tornando o meu livro gramaticalmente correto e literariamente em *nonsense*.

Numa outra ocasião, o revisor enquadrou na reforma ortográfica uma fala do Riobaldo, que eu citava. Ficou divertido ler Riobaldo, jagunço de muitas mortes, contando seus casos com fala de professora primária.

Saramago tem medo dos revisores. Não permite que eles metam o bedelho nos seus livros para enquadrá-los às regras da gramática. Desprezando vírgulas e pontos, ele vai em frente, consciente de que seus leitores são suficientemente inteligentes para colocar as vírgulas e os pontos nos lugares que sua respiração e o sentido determinarem.

Mas o escritor português sabe que os revisores são pessoas que sofrem. Deve ser terrível viver o tempo todo sob a tirania das leis dos gramáticos e sob a tirania do texto do autor a que eles têm de se submeter, sem dar sua contribuição pessoal. Afinal de contas, o revisor não gosta de ser revisor. Ele queria mesmo é ser escritor.

Compadecido do sofrimento dos revisores, Saramago escreveu o livro *História do cerco de Lisboa*. Pois nesse caso o revisor do dito livro, que, se não me engano, se chamava Raimundo Silva, se rebelou contra seu destino e resolveu fazer história. No lugar onde o autor escrevera que os portugueses foram ajudados pelos cruzados, Raimundo Silva inseriu um "não" entre os "portugueses" e o "foram", e o texto ficou "e os portugueses não foram ajudados pelos cruzados".

Assim, contrariamente ao que já disse, fico a pensar que talvez o poder dos revisores seja maior que o poder dos gramáticos: com uma única palavra, eles podem mudar o mundo ou arruinar um livro.

MEU PRESENTE...

Murilo Mendes, escritor que amo, escreveu isto:

No tempo em que eu não era antropófago, isto é,
no tempo em que eu não devorava livros –
e os livros não são homens, não contêm a substância, o próprio
sangue do homem?

Quem escreve um livro está transformando sua carne e seu sangue em palavras, e quem lê o livro está comendo a carne e bebendo o sangue do escritor. Como na última ceia.

Eu queria dar para os meus amigos um presente que fosse minha carne e meu sangue. Livro? Não. Já escrevi muitos. Meus amigos já me devoraram na forma de palavras.

Veio-me então a ideia: eu, na forma de música. Porque a música, para mim, é carne e sangue. Faz-me rir e chorar.

Resolvi montar um CD com algumas das músicas que amo. Músicas simples e curtas, que seriam amadas mesmo por aqueles que não entendem de música. Não entendem mas sentem.

A gente ama a música por duas razões diferentes. Primeiro, pela própria música: é bela, é fascinante. Elas são como o rio da aldeia do Alberto Caeiro: ao ouvi-las a gente só as ouve, não pensa em nada.

Segundo, a gente ama as músicas que nos fazem lembrar ou imaginar algo. Uma passagem da "Fantasia triunfal sobre o Hino Nacional Brasileiro", de Gottschalk, me faz lembrar soldados marchando.

Fiz um CD com músicas que me fazem lembrar...

Comecei com a dança do Zorba. Quem ouve a dança do Zorba quer dançar, quer virar Zorba. Eu gostaria de ser Zorba, pelo menos um pouquinho. Zorba, quando percebeu que ia morrer, levantou-se da cama, segurou firme na janela, contemplou as montanhas ao longe e disse: "Um homem como eu deveria viver mil anos". Pôs-se então a relinchar como um cavalo e caiu morto.

Depois "Green leaves", melodia renascentista tocada pelo conjunto Musikantiga, a flauta doce fazendo a linha melódica. Eu me vejo ouvindo-a numa praça, tocada por um grupo de jovens. Mas não sei em que país é essa praça.

"You are my sunshine" – você é o meu sol, da trilha sonora do filme *O brother*... Música *country* norte-americana, aquele sotaque de caipira. É uma estória de amor que não deu certo.

"Serra da Boa Esperança", porque eu nasci em Boa Esperança e já subi na serra. Letra e música de Lamartine Babo, que foi a Boa Esperança para se encontrar com a Nair, que lhe enviava cartas apaixonadas, só pra descobrir que a dita Nair era um homem. Para não perder a viagem, ele se apaixonou pela serra que transformou, pela magia da poesia, numa canção.

Ah! As mulheres negras norte-americanas têm voz de veludo. Acariciam quando cantam. Ouvir Roberta Flack é uma experiência que mexe com o corpo e com a alma. Ela canta "Like a bridge over troubled waters" – como uma ponte sobre águas revoltas – e "Will you still love me tomorrow?" – você me amará amanhã?

A "Valsinha", do Chico. Essa música, sozinha, justificaria a vida do Chico. Ao ouvi-la é impossível não ver e não sentir o vestido decotado cheirando a guardado... Quem diria que coisas guardadas cheiram de modo diferente. Depois da dança do amor antigo, tudo fica em paz.

Depois vem "Because", dos Beatles. Eu a escolhi porque o céu azul me faz chorar. Mas o que há de misterioso no céu azul que me provoca o choro? Por que choro?

A voz de Ray Charles em "Yesterday", trêmula e rouca, é puro dilaceramento num momento de fragilidade. Sai das suas entranhas. "Yesterday all my troubles seemed so far away. Suddenly I'm not half the man I used to be." Quem é mesmo que está cantando? Ray Charles ou eu?

O som de uma solitária gaita de foles escocesa. Ela toca um nostálgico hino protestante, "Amazing Grace". Contaram-me que o autor o escreveu na dor da morte de sua esposa.

Nelson Freire ao piano. Delicadeza e transparência de cristal. Peça curta, mas nos seus curtos minutos ela diz tudo o que era pra ser dito: "Melodia" de Gluck e Sgambati.

"Oblivion", de Piazzola. Era a favorita do Guido, meu querido irmão que se mudou para o mundo encantado. Tão linda quanto a "Melodia". É para ouvir, ficar triste e chorar. Mas por que ouvir se faz chorar? Por causa da beleza. Beleza e tristeza são irmãs que andam sempre juntas. Com Arthur Moreira Lima ao piano.

Ravel, segundo movimento do concerto para piano e orquestra em sol maior. Primeiro, só o piano, vagarosamente, meditativamente, simplesmente, como um lamento. A flauta, ouvindo o lamento do piano, entra em cena para consolá-lo. Perto do final, a orquestra toda.

Cantado e tocado em estilo gregoriano, "The sound of silence" e "Don't give up". Lembro-me da primeira vez que ouvi "Don't give up" – não desista! Eu guiava pesado ao crepúsculo na direção de Bauru. Peguei uma fita cassete qualquer. Algum filho meu a deixara no porta-luvas do carro. Eu nunca a havia ouvido. Aí a melodia e a letra foram apaziguando a minha alma. Fiquei leve. Todo o peso se dissolveu na brisa.

Para terminar, uma cantata da "Missa segundo São Mateus", de Bach, ao som de percussão africana, assombrosa, por vezes sinistra, homenagem a Albert Schweitzer, intérprete de Bach, que deu cerca de 70 anos de sua vida aos doentes abandonados no coração da África, atendendo ao preceito evangélico "àqueles a quem muito se lhes deu muito se lhes pedirá". Já escrevi sobre ele. Está no livro *O amor que acende a lua*.

Foi isso que dei aos meus amigos. Pedaços de mim transformados em música.

Irrita-me a felicidade de todos estes homens que
não sabem que são infelizes.
(Fernando Pessoa)

A curiosidade brotou da necessidade de
conhecer para viver. (Unamuno)

O CAOS E A BELEZA

Quando eu era seminarista, gostava de dormir ouvindo música. Eu tinha um radinho de válvulas e a música vinha sempre misturada com os ruídos da estática. Eu preferia a música às rezas. Se eu fosse Deus também preferiria.

Na verdade, eu já não rezava mais por duas razões. Primeiro, as aulas de teologia, pela mediocridade, me fizeram pensar, e o pensamento é um perigoso adversário das ideias religiosas. Eu nem sabia se ainda acreditava em Deus. Segundo, se Deus existia, valia o dito pelo salmista e por Jesus, de que antes que eu falasse qualquer coisa, Deus já sabia o que eu iria falar; o que tornava desnecessária a minha fala. Eu estava mais interessado em ouvir a divina beleza da música que em repetir as minhas mesmices que deveriam dar um tédio infinito ao Criador.

Se Deus existe, a beleza é o seu jeito de se comunicar com os mortais. Disso sabem os poetas, como é o caso da Helena Kolody, que escreveu: "Rezam meus olhos quando contemplo a beleza. A beleza é a sombra de Deus no mundo". Ela poderia ter sido uma amiga da solitária Emily Dickinson, que sentia igual:

Alguns guardam o Domingo indo à Igreja
Eu o guardo ficando em casa
Tendo um Sabiá como cantor
E um Pomar por Santuário.
E ao invés do repicar dos sinos na Igreja

nosso pássaro canta na palmeira.
É Deus que está pregando, pregador admirável
E o seu sermão é sempre curto.
Assim, ao invés de chegar ao Céu, só no final
eu o encontro o tempo todo no quintal.

Às vezes Deus se revela como pássaro...

Deitei-me e liguei o radinho. Era uma noite de mau tempo, tempestade. O ar estava carregado de eletricidade que entrava no rádio em forma de ruídos, estática, assobios. Era um caos sem sentido. Mas eu não perdi a esperança e continuei a procurar. De repente – a estática dominava a audição –, ouvi lá no fundo uma música que muito amo: o "Concerto para piano e orquestra n. 1", de Chopin.

Fiquei ali lutando contra a estática: 90% de ruído caótico, 10% de beleza.

Não entendo esse mistério: todos os sons, estática e música chegavam juntos, misturados. Mas a minha alma, sem que tivesse sido ensinada, sabia distinguir muito bem o ruído caótico e sem sentido dos sons da beleza, que me comoviam. Minha alma sabia que a ordem morava no meio do caos e ela estava disposta a suportar o horrendo do caos pela beleza quase inaudível que existia no meio dele.

Aí me veio uma ideia em forma de uma pergunta que me pareceu uma revelação: a vida toda não será assim, uma luta contra o caos sem sentido em busca de uma beleza escondida? E essa busca da beleza, não será ela a essência daquilo a que se poderia dar o nome de "sentimento religioso"?

"Sentimento religioso", como eu o entendo, nada tem a ver com ideias sobre o outro mundo. É algo parecido com a experiência que se tem ao ouvir a "Valsinha" do Chico, ou a primeira balada de Chopin.

Uma sonata de Mozart... Um crítico musical poderia escrever um livro inteiro analisando e descrevendo a sonata. Mas ao final da leitura do livro o leitor continuaria sem nada saber sobre a sua beleza. A beleza está além das palavras, exceto quando as palavras se transformam em música, como na poesia.

Ficou aquela imagem. Uma melodia linda se faz ouvir em meio aos horrores da vida. Ainda que seja uma "marcha fúnebre".

Pensar é falar consigo (...). O pensamento é linguagem interior. (Unamuno)

Dói-me na inteligência que alguém julgue que altera alguma coisa agitando-se. A violência, seja qual for, foi sempre para mim uma forma esbugalhada de estupidez humana. (Fernando Pessoa)

SOBRE O AMOR E OS CAVALOS

Ele nascera numa casa pobre. Seu pai fora um pedreiro de segunda categoria, desses que são apelidados de "meia-colher". Ele se sentia muito humilhado pelo pai que tinha e jurou que haveria de ficar rico. Combinando inteligência comercial, tenacidade e oportunidade, foi crescendo aos poucos, até que se tornou um grande empresário.

Gostava de exibir sua riqueza pelos carros que comprava: uma Mercedes, um BMW branco e uma Ferrari vermelha conversível.

Mas, como é bem sabido, dinheiro não traz felicidade e ele pensou que um psicanalista poderia ajudá-lo a ser feliz. Procurou-me. Naqueles tempos, eu exercia essa arte.

Eu tinha, como assistente, uma doce cadela Weimaraner cor de mel cujo nome era Angel, nome que combinava com sua alma angelical. Entrava comigo no consultório e sem que fosse necessária qualquer ordem ela se deitava, focinho apoiado no chão, olhos tristes e testa enrugada de preocupação. Seu silêncio era absoluto. Todos os meus clientes gostavam dela. Menos o empresário rico.

Numa manhã, ao entrar para a sessão de terapia, olhou com maus olhos para a Angel e disse: "Não gosto de cachorros. Não gosto de animais".

Aí ele fez uma longa pausa – um pensamento novo lhe viera – e se corrigiu: "Não, eu gosto de cavalos". E passou a explicar: "Há uma coisa sobre o meu pai que eu nunca lhe disse. Ele amansava cavalos. Eu nunca vi, mas os que viram me disseram que meu pai tinha sido o maior amansador de cavalos que jamais existira".

Ditas essas palavras, ele se esqueceu do pedreiro "meia-colher" e passou a descrever o espetáculo fantástico do seu pai, montado num cavalo selvagem, o cavalo corria, pulava, escoiceava, espumava, e seu pai, com rédeas e freio na mão, mantinha-se ereto na sela até que o cavalo se cansava. Nesse momento, seu pai se revelava um herói gigante: havia amansado a fúria. E ele tinha orgulho dele. Seu pai no cavalo era maior que ele na Ferrari.

Aí ele fez um longo silêncio. O silêncio é quando as ideias que dormiam no inconsciente acordam e aparecem. Começou então a falar, quase um murmúrio, com voz triste:

Assim é o amor. A gente é cavalo selvagem que ninguém cavalga. Como se fôssemos uma fúria em repouso. Olham pra gente com medo e assombro. De longe, porque de perto pode ser perigoso. Aí acontece de a gente se apaixonar por uma mulher. E o cavalo selvagem fica com vontade de carregar aquela menina nas suas costas. Aproxima-se dela então relinchando mansamente e dizendo: "Monta nas minhas costas". A mulher amada aceita o convite, mas não monta em pelo. Vai pondo arreio, freio, barrigueira, rabicho, espora...

Aí então ela monta o cavalo outrora selvagem e sai pelo mundo numa marchinha mansa, ploc, ploc, ploc, ploc. O cavalo selvagem se esqueceu dos seus voos e agora só pensa na sua amada. Quando ela chega a seu destino, amarra o cavalo numa árvore e ele fica lá sem protestar, com paciência infinita, trocando pernas, espantando mosquitos com o rabo enquanto pensa que qualquer sacrifício vale por causa da mulher que ele ama.

Fez uma pausa e suspirou. E acrescentou como conclusão: "Não pense que ela vai jamais abandonar aquele cavalo. Cavalo marchador forte é para o resto da vida. União indissolúvel, até que a morte os separe... Mas enquanto ela cavalga o bom cavalo marchador, lá na sua cabeça ela vai voando nas costas do cavalo selvagem".

***

Contei para o Carlos Brandão que havia feito cirurgia de catarata e o meu mundo estava transparente. Ele então me contou a seguinte estória do escritor Aníbal Machado, que eu não conhecia:

> Um rico empresário corria o perigo de ficar cego. A única alternativa era um transplante de olhos. Sei que ainda não se fazem transplantes de olhos, mas na literatura se fazem. Na literatura tudo é possível. A operação se realizou com sucesso. Com os novos olhos, o empresário passou a ver como não via antes. Aí ele foi chamado pela direção de sua empresa para uma reunião urgente. Ele saiu do hospital para ir ao escritório. Mas – coisa estranha – o tempo passava e ele não chegava. Saíram então à sua busca. Foi encontrado num jardim olhando árvores, flores e fontes com uma cara de encantamento. Lembrado do seu compromisso com a empresa, ele se recusou. "Não irei. Vou ficar aqui neste jardim vendo coisas que nunca vi". Os médicos, examinando o relatório de sua operação, viram que seus novos olhos tinham sido doação de um poeta...

A bondade é a melhor fonte de clarividência
espiritual. (Unamuno)

CONSULTÓRIO BÍBLICO

Cristãos fundamentalistas são aqueles que acreditam que as Sagradas Escrituras foram ditadas diretamente por Deus e que, por isso, tudo o que nelas está escrito é sagrado, verdadeiro e deve ser obrigatoriamente seguido para sempre. A verdade divina está fora do tempo. Aquilo que Deus comandava há três mil anos é válido para hoje e para todos os tempos futuros.

Digo isso a propósito de uma carta dirigida a Laura Schlessinger, conhecida locutora de rádio nos Estados Unidos que tem um desses programas interativos que dão respostas e conselhos aos ouvintes que chamam por telefone. Recentemente, perguntada sobre a homossexualidade, a locutora disse que se trata de uma abominação, pois assim a *Bíblia* o afirma no livro de Levítico 18:22. Um ouvinte escreveu-lhe então uma carta que vou transcrever:

Querida Dra. Laura

Muito obrigado por se esforçar tanto para educar as pessoas segundo a lei de Deus. (...) Mas, de qualquer forma, necessito de alguns conselhos adicionais de sua parte a respeito de outras leis bíblicas e sobre a forma de cumpri-las:

Gostaria de vender minha filha como serva, tal como indica o livro de Êxodo 21:7. Nos tempos em que vivemos, em sua opinião, qual seria o preço adequado?

O livro de Levítico 25:44 estabelece que posso possuir escravos, tanto homens quanto mulheres, desde que sejam adquiridos de países vizinhos. Um amigo meu afirma que isso só se aplica aos mexicanos, mas não aos canadenses. Será que a senhora poderia esclarecer esse ponto? Por que não posso possuir canadenses?

Sei que não estou autorizado a ter qualquer contato com mulher alguma no seu período de impureza menstrual (Levítico 18:19, 20:18 etc.). O problema que se me coloca é o seguinte: como posso saber se as mulheres estão menstruadas ou não? Tenho tentado perguntar-lhes, mas muitas mulheres são tímidas e outras se sentem ofendidas.

Tenho um vizinho que insiste em trabalhar no sábado. O livro de Êxodo 35:2 claramente estabelece que quem trabalha aos sábados deve receber a pena de morte. Isso quer dizer que eu, pessoalmente, sou obrigado a matá-lo? Será que a senhora poderia, de alguma maneira, aliviar-me dessa obrigação aborrecida?

No livro de Levítico 21:18-21 está estabelecido que uma pessoa não pode se aproximar do altar de Deus se tiver algum defeito na vista. Devo confessar que preciso de óculos para ver. Minha acuidade visual tem de ser 100% para que eu me aproxime do altar de Deus?

Eu sei, graças a Levítico 11:7-8, que quem tocar a pele de um porco morto fica impuro. Acontece que adoro jogar futebol americano, cujas bolas são feitas de pele de porco. Será que me será permitido continuar a jogar futebol americano se usar luvas?

Meu tio tem um sítio. Deixa de cumprir o que diz Levítico 19:19, pois planta dois tipos diferentes de semente no mesmo campo, e também o deixa de cumprir a mulher dele, que usa roupas de dois tecidos diferentes, a saber, algodão e poliéster. Será que é necessário levar a cabo o complicado procedimento de reunir todas as pessoas da vila para apedrejá-los? Não poderíamos queimá-los numa reunião privada?

Sei que a senhora estudou esses assuntos com grande profundidade, de forma que confio plenamente na sua ajuda. Obrigado de novo por recordar-nos que a Palavra de Deus é eterna e imutável.

POR QUE ESCREVO SOBRE RELIGIÃO

Uma leitora me perguntou: "Por que é que você, professor universitário, escritor, gasta tanto tempo com essas coisas da religião?". Ela pensava que eu, havendo lido Marx, Freud e Feuerbach, deveria dar um uso mais científico ao meu tempo e ao meu pensamento.

Minha resposta é simples: gasto o meu tempo com os sonhos das religiões porque, como disse Shakespeare, nós somos feitos de sonhos. A história é feita com sonhos. Todas as coisas materiais que fazem a vida da civilização são feitas com sonhos. Escrevo sobre a religião num esforço para acordar os que dormem.

Lembro-me da propaganda de um carro que vi, faz muitos anos, numa revista americana: era um conversível vermelho sem capota, parado num bosque. Não há ninguém no carro e as duas portas estão abertas.

A sedução – o motivo comercial para seduzir o leitor a comprar – se encontra precisamente naquilo que não se encontra na cena, mas apenas na imaginação. Se as duas portas estivessem fechadas, a mensagem seria simplesmente o carro vermelho sem capota. Se apenas a porta do motorista estivesse aberta, a imaginação completaria a cena: ele deve estar atrás de uma árvore fazendo xixi.

Mas as duas portas foram deixadas abertas. As pessoas que ocupavam o carro estavam com pressa. A imaginação não tem alternativas, as imagens se impõem: um homem e uma mulher. Onde estarão eles? Fazendo o quê? Bem dizia Bachelard que aquilo que se vê não pode se comparar com aquilo que não se vê. Quem bolou essa propaganda genial sabia que a alma humana é feita de sonhos.

Veblen, economista, também conhecia a alma humana e por isso declarou que não compramos "utilidades", coisas práticas, materiais. Compramos símbolos.

Isto que vou contar aconteceu no tempo em que a televisão fazia propaganda de cigarros. Cena silenciosa, sem uma única palavra: um bosque de pinheiros... Eu amo a natureza, amo os pinheiros, o perfume da sua resina. Os pinheiros cedem lugar a um regato de águas frias e cristalinas que corre sobre pedras. Eu também amo os regatos de águas frias e cristalinas. Uma campina verde florida. Minha imaginação sugeriu logo que deveria ser capim-gordura, com seu perfume único – o que me levou para a minha infância em Minas. Cavalos selvagens em galope, pelo negro brilhante. Estava certo o presidente João Batista Figueiredo quando disse que o cheiro dos cavalos suados era melhor que o cheiro de gente suada. Leonardo da Vinci declarou que os cavalos são os animais mais belos depois dos homens. Cheguei a imaginar que seria possível produzir um perfume másculo extraído do suor dos cavalos. Nenhuma mulher resistiria a ele!

Aí entra o rosto de um vaqueiro, maxilar de 90 graus, barba de um dia por fazer, homem que é homem não se barbeia todo dia, isso é coisa de executivo, com um cigarro entre os dedos, estilo Humphrey Bogart, e as palavras, as únicas palavras: "Venha para o mundo de Marlboro". Não, ninguém está falando em fumar! Está se falando de um mundo de pinheiros, regatos, campinas, cavalos – tudo isso faz parte do sonho que mora nas espirais de fumaça da imaginação...

O conversível vermelho com as duas portas abertas e o mundo de Marlboro pertencem ao mundo das fantasias religiosas.

São sacramentos. Porque sacramentos são todas as coisas feitas com uma mistura de matéria e símbolos.

Você entende agora por que eu penso e escrevo sobre religião?

Há idas de poente que me doem mais que mortes de crianças. (Fernando Pessoa)

Saber por saber! A verdade pela verdade! Isso não é humano! (Unamuno)

A vida é o que fazemos dela. As viagens são os viajantes. O que vemos, não é o que vemos, senão o que somos. (Fernando Pessoa)

Não existe um só que, chegando a distinguir o verdadeiro do falso, não prefira a mentira que ele encontrou à verdade que outrem descobriu. (Unamuno)

SOBRE SIMPLICIDADE E SABEDORIA

Pediram-me que escrevesse sobre simplicidade e sabedoria. Aceitei alegremente o convite sabendo que, para que tal pedido me tivesse sido feito, era necessário que eu fosse velho.

Os jovens e os adultos pouco sabem sobre a simplicidade. Os jovens são aves que voam pela manhã: seus voos são flechas em todas as direções. Seus olhos estão fascinados por dez mil coisas. Querem todas, mas nenhuma lhes dá descanso. Estão sempre prontos a de novo voar. Seu mundo é o mundo da multiplicidade. Eles a amam porque, nas suas cabeças, a multiplicidade é um espaço de liberdade.

Com os adultos acontece o contrário. Para eles, a multiplicidade é um feitiço que os aprisionou, uma arapuca na qual caíram. Eles a odeiam, mas não sabem como se libertar. Se, para os jovens, a multiplicidade tem o nome de liberdade, para os adultos, a multiplicidade tem o nome de dever. Os adultos são pássaros presos nas gaiolas do dever. A cada manhã dez mil coisas os aguardam com as suas ordens escritas nas agendas.

No crepúsculo, quando a noite se aproxima, o voo dos pássaros fica diferente. Já observaram o voo das pombas ao fim do dia? Elas voam numa única direção. Voltam para casa, ninho. As aves, ao crepúsculo, são simples. Simplicidade é isso: quando o coração busca uma coisa só.

Jesus contava parábolas sobre a simplicidade. Falou sobre um homem que possuía muitas joias, sem que nenhuma delas o fizesse feliz. Um dia, entretanto, descobriu uma joia, única, maravilhosa, pela qual se apaixonou. Fez então a troca que lhe trouxe alegria: vendeu as muitas e comprou a única.

Na multiplicidade nos perdemos: ignoramos o nosso desejo. Movemo-nos fascinados pela sedução das dez mil coisas. Acontece que, como diz o segundo poema do *Tao Te Ching*, "as dez mil coisas aparecem e desaparecem sem cessar". O caminho da multiplicidade é um caminho sem descanso. Cada ponto de chegada é um ponto de partida. Cada reencontro é uma despedida.

O caminho da ciência e dos saberes é o caminho da multiplicidade. Adverte o escritor sagrado: "Não há limite para fazer livros, e o muito estudar é enfado da carne" (Eclesiastes 12:12). Não há fim para as coisas que podem ser conhecidas e sabidas. O mundo dos saberes é um mundo de somas sem fim. É um caminho sem descanso para a alma. Não há saber diante do qual o coração possa dizer: "Cheguei, finalmente, ao lar". Saberes não são lar. O lar pertence à simplicidade: uma única coisa.

Diz o *Tao Te Ching*: "Na busca do conhecimento a cada dia se soma uma coisa. Na busca da sabedoria a cada dia se diminui uma coisa". Pergunta T.S. Eliot: "Onde está a sabedoria que perdemos no conhecimento?". E Manoel de Barros observa: "Quem acumula muita informação perde o condão de adivinhar. Sábio é o que adivinha".

A sabedoria é a arte de reconhecer e degustar a alegria. Nascemos para a alegria. Não só nós. Diz Bachelard que o universo inteiro tem um destino de felicidade.

O Vinícius escreveu um lindo poema com o título de "Resta...". Já velho, tendo andado pelo mundo da multiplicidade, ele olha para trás e vê o que restou: o que valeu a pena. "Resta esse coração queimando como um círio numa catedral em ruínas... Resta, acima de tudo, essa capacidade de ternura... Resta esse antigo respeito pela noite... Resta essa vontade de chorar diante da beleza...". Vinícius vai, assim, contando as vivências que lhe deram alegria. Foram elas que restaram.

As coisas que restam sobrevivem num lugar da alma que se chama saudade. A saudade é o bolso onde a alma guarda aquilo que ela provou e aprovou. Aprovadas foram as experiências que deram alegria. O que valeu a pena está destinado à eternidade. A saudade é o rosto da eternidade refletido no rio do tempo. É para isso que necessitamos dos deuses, para que o rio do tempo seja circular: "Lança o teu pão sobre as águas porque depois de muitos dias o encontrarás...". Oramos para que aquilo que se perdeu no passado nos seja devolvido no futuro. Acho que Deus não se incomodaria se nós o chamássemos de Eterno Retorno: pois é só isso que pedimos dele, que as coisas da saudade retornem.

Ando pelas cavernas da minha memória. Há muitas coisas maravilhosas: cenários, lugares, alguns paradisíacos, outros estranhos e curiosos, viagens, eventos que marcaram o tempo da minha vida, encontros com pessoas notáveis. Mas essas memórias, a despeito do seu tamanho, não me fazem nada. Não sinto vontade de chorar. Não sinto vontade de voltar.

Aí eu consulto o meu bolso da saudade. Lá se encontram pedaços do meu corpo, alegrias. Observo atentamente, e nada encontro que tenha brilho no mundo da multiplicidade. São coisas pequenas, que nem foram notadas por outras pessoas: cenas, quadros: um filho menino empinando uma pipa na praia; noite de insônia e medo num quarto escuro, e do meio da escuridão a voz de um filho que diz: "Papai, eu gosto muito de você!"; filha brincando com uma cachorrinha que já morreu (chorei muito por causa dela, a Flora); menino andando a cavalo, antes do nascer do sol, em meio ao campo perfumado de capim-gordura; um velho, fumando cachimbo, contemplando a chuva que cai sobre as plantas e dizendo: "Veja como estão agradecidas!". Amigos. Memórias de poemas, de estórias, de músicas.

Diz Guimarães Rosa que "felicidade só em raros momentos de distração...". Certo. Ela vem quando não se espera, em lugares que não se imaginam. Dito por Jesus: "É como o vento: sopra onde quer, não sabes donde vem nem para onde vai...". Sabedoria é a arte de provar e degustar a alegria, quando ela vem. Mas só dominam essa arte aqueles que têm a graça da simplicidade. Porque a alegria só mora nas coisas simples.

Sim, julgo às vezes, considerando a diferença hedionda entre a inteligência das crianças e a estupidez dos adultos, que somos acompanhados na infância por um espírito da guarda, que nos empresta a própria inteligência astral, e que depois, talvez com pena, mas por uma lei alta, nos abandona, como as mães animais às crias crescidas... (Fernando Pessoa)

O homem prefere prolongar-se no tempo a prolongar-se no espaço. Mais vale durar para sempre num recanto do que brilhar um segundo em todo o universo. (Unamuno)

COITADO DO CORPO...

Com a proximidade de mais um torneio das Olimpíadas, lembrei-me de um professor de educação física que defendia a tese de que atletismo faz mal à saúde. E argumentava: "Você conhece algum atleta longevo? Quem vive muito são aquelas velhinhas sedentárias que tomam chá com bolo no fim da tarde...".

Quando ele me disse isso pela primeira vez, lembrei-me logo de minha mãe que acreditava que a vida é um combustível que acaba mais depressa se se acelerar muito. Meu tio, que era médico, sentenciava: "Nunca fique em pé quando puder ficar sentado; nunca fique sentado quando puder ficar deitado". Minha mãe seguiu rigorosamente o conselho do irmão. Morreu aos 93 anos.

Vejam o que aconteceu com a Florence Griffith Joyner, corpo fantástico, só músculos, a mulher mais rápida do mundo, detinha havia dez anos os recordes mundiais dos 100 e dos 200 metros. Impossível que fosse morta por um infarto. Mas foi.*

O sentido original da palavra "estresse" pertence à física, ao campo da mecânica aplicada. O seu objetivo é determinar a resistência de um material – o que é fundamental na construção de pontes, edifícios, aviões. Para determinar a resistência de um material, é preciso submetê-lo a estresse, isto é, a forças, até o ponto de ele se partir. O ponto em que ele se partir será o seu limite.

---

* Existem divergências sobre a real causa da morte da atleta. (N.E.)

O atletismo é a aplicação, sobre o corpo humano, das técnicas de estresse para determinar a resistência dos materiais. A competição tem por objetivo determinar o ponto além do qual o corpo não consegue ir. Os recordes estabelecem a *performance* máxima do corpo submetido ao estresse máximo.

A competição é essencial ao atletismo porque é só por meio dela que se podem fazer comparações. Comparo vários materiais para determinar sua resistência a um tipo de estresse. Comparo vários atletas por meio da competição para ver qual deles tem o melhor desempenho quando submetido ao estresse máximo. O corpo da Florence Griffith Joyner não aguentou. Arrebentou como um fio arrebenta se seu limite é ultrapassado. Se o atletismo é isso, a tese do professor de educação física a que me referi anteriormente está plenamente justificada.

O que move o atleta não é o prazer da atividade em si mesmo. Se assim fosse, ele ficaria feliz em correr, nadar, saltar, sem precisar se comparar com outros. Mas depois de correr ele consulta o relógio. Está comparando seu desempenho com o dos outros. Quando a gente se envolve numa atividade por prazer, está brincando. Não olha para o relógio. É o caso das crianças correndo como potrinhos, ou brincando na água como golfinhos. O espaço, representado pela grama, pela água, pelo vazio, é o seu companheiro de brincadeira. A atividade lúdica produz um corpo feliz.

A competição, representada no seu ponto máximo pelas Olimpíadas, é o oposto do brinquedo. Porque ela só acontece quando o corpo é levado ao limite do estresse. E o corpo, mais sábio que os atletas, não gosta disso. Ele sabe que é perigoso chegar aos limites. O corpo não gosta de competições e Olimpíadas. Competições e Olimpíadas são situações em que o corpo é submetido ao estresse máximo. Ou seja, de máximo sofrimento para o corpo. O corpo vai contra a vontade. Basta observar a máscara de dor no rosto dos que competem. A competição é uma violência a que o corpo é submetido.

A imagem mais terrível que tenho dessa violência é a de uma corredora suíça, ao final de uma maratona, algumas Olimpíadas atrás. Chegando ao estádio, o corpo dela não aguentou. Os ácidos e o cansaço o transformaram numa massa amorfa assombrosamente feia. Ele não queria continuar; desejava parar, cair. Mas isso lhe era proibido. Uma ordem interna lhe dizia: obedeça, continue até o fim. O público parou, perplexo. E ninguém podia ajudá-la. Se alguém o fizesse, ela seria desclassificada. O comentarista, comovido, louvava o extraordinário espírito olímpico daquela mulher. Ele não compreendia o horror. De fato, o final do espírito olímpico é o corpo levado aos limites últimos de estresse. Aos limites do sofrimento. Como o corpo escultural de Florence Griffith Joyner.

Haverá coisa mais contrária ao corpo e à vida? A competição não é motivada por amor ao corpo e a seu prazer. Na competição, o espaço não é companheiro de brincadeira, é inimigo a ser derrotado. O prazer de quem compete não se encontra na relação corpo-espaço, mas no resultado: quem teve o melhor desempenho. O objetivo da competição é a comparação. E a comparação é o início da inveja e da infelicidade humana.

O atletismo não é uma atividade natural. Animais não competem. Nenhum tem interesse em saber qual é o melhor. Eles não se comparam. Animais correm por prazer: cães e cavalos correm e pulam por prazer. Mas quando não estão brincando, isto é, quando não estão envolvidos no prazer da atividade, eles não fazem esforços desnecessários. Só existe uma situação em que competem: onça e veado, gavião e coelho – quem perde morre ou fica com fome. O que não é o caso nas pistas de atletismo.

O RISO

Alma não come pão. Alma come beleza. O pão engorda, faz o corpo ficar pesado. A beleza, ao contrário, faz a gente ficar cada vez mais leve. Não é raro que os comedores de beleza se tornem criaturas aladas e desapareçam no azul do céu, onde moram os deuses, os anjos e os pássaros. A beleza é coisa da leveza.

Há dois tipos de beleza.

O primeiro é a beleza que os deuses oferecem aos homens como dádiva. Ela cai dos céus, à semelhança do maná. A segunda é a beleza que os homens oferecem aos deuses como dádiva. Ela sobe da terra aos céus, como fumaça ou bolhas de sabão.

Conhece-se a beleza dádiva dos deuses por aquilo que ela produz na alma dos homens. Quem é possuído por ela entra em êxtase: cessa o riso, cessa o choro, o pensamento para, a fala emudece. É mística. A alma está tomada pela felicidade da tranquilidade absoluta. Era assim que se sentia o Criador ao contemplar, ao final de cada dia de trabalho, o resultado da sua obra: "Está muito bom! Do jeito como deveria ser! Nada há a ser modificado! Amém!".

A beleza dos deuses aparece nos corais de Bach, nas telas de Turner e Constable, nos escritos poéticos de Bachelard. São sacramentos de bem-aventurança celestial.

A beleza que os homens oferecem aos deuses como dádiva é de dois tipos.

A primeira é a beleza trágica, que faz chorar. Exemplos de beleza trágica: a "Sonata ao luar", de Beethoven; a tela *Campo de trigo com corvos*, de Van Gogh; *Os pobres na praia*, de Picasso; a canção "Construção", do Chico.

A beleza trágica nasceu depois que o homem perdeu o paraíso. No paraíso não havia beleza trágica porque, para existir, ela precisa de lágrimas. Mas, como é sabido, paraíso é precisamente o lugar onde não há lágrimas. A beleza trágica nasce das entranhas dos que sofrem, como uma forma de oração.

Mas no paraíso havia um outro tipo de beleza. Era diferente da beleza divina, pois não produzia êxtases místicos de tranquilidade. Era diferente também da beleza trágica, pois não fazia chorar. A beleza paradisíaca fazia rir.

Os especialistas em beleza acham impróprio que se dê o nome de beleza a algo que produz o riso. É compreensível. Havendo perdido a memória do paraíso, esqueceram-se de que a vocação original da beleza é a produção da alegria. A beleza paradisíaca é o fruto que pendia da árvore da vida. Bastava uma mordida para que o corpo se transfigurasse pelo riso. É para o riso que Deus nos criou. Adão e Eva, tolos, preferiram morder o fruto da árvore da ciência – e perderam o paraíso. Ficaram tristes.

Jacob Boehme, místico que viveu no século XVI, disse que o paraíso foi perdido no exato momento em que os homens abandonaram a leveza brincalhona das crianças e optaram pela gravidade séria dos adultos. O paraíso é o lugar onde se sabe que a vida é uma brincadeira divina. Deus criou os homens para ter companheiros de brincadeira. Lá toda a beleza era alegre e risonha. A memória dessa identidade original entre a beleza e o brinquedo está preservada no inglês e no alemão: as palavras *play*, em inglês, e *spielen*, em alemão, tanto podem se referir ao ato de tocar a "Appassionata" quanto ao ato de soprar bolhas de sabão... A beleza paradisíaca é aquela que brota do corpo das crianças. E as crianças sabem que o propósito da vida é o brinquedo.

Mozart era um especialista em beleza paradisíaca. Brincava com os sons. A sua "Eine kleine Nachtmusik" (Pequena serenata) é um delicioso brinquedo. O teólogo protestante K. Barth, para quem teologia era também brinquedo, dizia que os anjos, diante de Deus todo-poderoso, tocavam Bach. Mas, entre eles, tocavam Mozart... Injustiça para com Bach. É difícil encontrar peça mais brinquedo de criança que a sua "Badinerie", para flauta e orquestra, da "Suíte orquestral n. 2". E Miró? Não conheço nada mais moleque que seus quadros. E há Mário Quintana, poeta que, mesmo velho, continuava criança. E aquela brincadeira musical do Chico – eu rio toda vez que a ouço –, toda ela em rimas em "im", pelo nariz, "um anjo safado/o chato dum querubim/que decretou que eu tava predestinado/a ser todo ruim". E a brincadeira vai de "im" em "im": chinfrim, bandolim, Quixeramobim, clarim, assim, até o fim...

Alberto Caeiro, uma criança especialista em coisas leves, escreveu esta delícia:

> As bolas de sabão que esta criança
> Se entretém a largar de uma palhinha
> São translucidamente uma filosofia toda.
> Claras, inúteis e passageiras como a Natureza,
> Amigas dos olhos como as cousas,
> São aquilo que são
> Com uma precisão redondinha e aérea,
> E ninguém, nem mesmo a criança que as deixa,
> Pretende que elas são mais do que parecem ser.

Tudo o que o Caeiro toca fica assim, redondinho e leve, e é impossível não rir – e a gente se descobre outra vez criança.

O Riobaldo era bom teólogo. Conhecia por dentro o coração de Deus. E foi isso que ele disse: "O que Deus quer é ver a gente aprendendo a ser capaz de ficar alegre a mais, no meio da alegria, e inda mais alegre ainda no meio da tristeza!".

> *Há uma erudição do conhecimento, que é propriamente o que se chama erudição do entendimento, que é o que se chama cultura. Mas há também uma erudição da sensibilidade. (Fernando Pessoa)*

> *O catolicismo produziu heróis e o protestantismo sociedades sensatas, felizes, ricas... (Unamuno)*

> *Quem cruzou todos os mares cruzou somente a monotonia de si mesmo. (Fernando Pessoa)*

CÂNCER

Um laboratório convidou-me a escrever um texto dirigido especialmente a pacientes com câncer. Ele seria parte de um livro todo ele dedicado a esse assunto tão delicado, tão humano, tão doloroso. Este é o texto que escrevi.

Ele era um homem com uma vasta cabeleira grisalha, olhos mansos e voz baixa e pausada. Acabara de completar 73 anos e já se notava um discreto ar de cansaço no seu semblante. Assentado no seu escritório, tinha nas mãos um livro de poemas de Fernando Pessoa que ele considerava o maior poeta jamais nascido. Sobre a mesa um cachimbo, amor antigo, tranquilizante e perfumado. Fazia muitos anos que ele não era aceso. Ele o guardava porque ainda tinha saudades... Ouvia um CD de músicas barrocas que, segundo explicava, lhe traziam tranquilidade de espírito. "Música barroca põe ordem nas confusões da minha alma", ele dizia sorrindo. Era uma cena de paz.

A porta se abriu devagarinho, sem fazer barulho, e sua neta de 10 anos entrou. Entrou de um jeito diferente. No seu normal, ela era efusiva, barulhenta e risonha. Dessa vez ela entrou com cuidado, sem fazer barulho. Havia uma razão para isso. É que ela tinha uma pergunta grave para fazer.

"Vô, das conversas que os grandes estão cochichando pela casa, ouvi que você vai morrer. É verdade? Você vai morrer?"

Ele sorriu ao ouvir a pergunta da menina. Ela confirmava uma coisa que ele já sabia, fazia muito tempo: as crianças falam sobre a morte com naturalidade. Não são como os adultos que não sabem o que fazer com a palavra e procuram sempre não dizê-la. Lembrou-se da lição que tivera 30 anos antes. Era manhã ainda muito cedo. Estava na cama dormindo. De repente, foi acordado por sua filha de três anos...

A cena estava nítida na sua memória. Ela viera do seu quarto, estava vestida com uma camisolinha azul e seus pés estavam descalços. Ele se espantou. Isso nunca acontecera. Foi quando ela lhe perguntou: "Papai, quando você morrer, você vai sentir saudades?". A pergunta de sua filha de três anos o deixou mudo. Ela nunca lhe tinha sido feita com tanta franqueza. Ele não estava preparado para ela, não sabia o que dizer. A menina então arrematou: "Não chore porque eu vou abraçar você...". Com seus três anos, ela sabia muito sobre a morte. Sabia que morte tinha a ver com separação, com saudade e com tristeza. Onde aprendera? Que mais é preciso saber?

E agora era sua neta de 10 anos que lhe perguntava sem nenhum rodeio: "Você vai morrer?". Se houvesse um outro adulto no escritório é possível que ele a repreendesse porque essa é uma pergunta que não se faz. "Quem foi que colocou essa ideia doida na sua cabeça? Seu avô não vai morrer. Ele está muito bem..."

Mas a verdade era que ele não estava nada bem. Dois dias antes recebera o resultado da biópsia. O tumor era maligno. Ele estava com câncer.

Ele sorriu para a neta, levantou-se da poltrona onde estava, chamou-a para assentar-se ao seu lado no sofá e segurou sua mão carinhosamente.

O CD de música barroca acabara de tocar a "Ária para a 4ª corda" de Bach e depois de três segundos de silêncio ouviu-se o som do órgão que tocava um coral também de Bach, "Todos os homens devem morrer". O avô pensou: "Que estranha coincidência... A Beleza transfigurando o Terrível...".

Iniciou-se, então, uma longa conversa entre o avô e a neta sobre o Grande Mistério.

"Minha neta", ele começou. "Eu vou morrer. Todos os homens devem morrer. Todo mundo sabe disso. A única dúvida é sobre o 'quando'. Mas os grandes não querem e não sabem falar sobre a morte porque todos têm medo dela. Esses todos que devem morrer – eu, sua avó, seu pai, sua mãe, você, seus irmãos – se dividem em dois grupos. Primeiro é o grupo daqueles que vão morrer mas vivem como se fossem viver para sempre. Esses são os tolos. O outro é o grupo daqueles que vão morrer, sabem que vão morrer e, por isso mesmo, cuidam do tempo de vida que lhes resta. Esses ficam sábios. Eu recebi o aviso e sei que o meu tempo de vida não será muito longo.O aviso veio num exame de laboratório que me disse que estou com câncer. Todo mundo tem medo dessa palavra porque ao ouvi-la todos pensam na morte. Assim, vou morrer. O que não quer dizer que muitos que não receberam o aviso não venham a morrer antes de mim. A morte é traiçoeira."

O avô fez silêncio. Pegou o cachimbo que estava sobre a mesa e colocou-o na boca, vazio como estava. Sorriu pensando que ele parara de fumar muitos anos antes precisamente por medo de câncer. Pensou que a morte é matreira, pega no lugar onde não esperamos. Aspirou o ar do cachimbo vazio como se estivesse fumando e brincou com o pensamento de que agora, talvez, não fizesse mais diferença não fumar para evitar o câncer... Poderia voltar ao seu velho amigo. Talvez a fumaça e o perfume o levassem para um passado de saúde e o consolassem... Mas foi só um pensamento e ele colocou o cachimbo de novo no lugar onde estava...

Lembrou-se do poema de Alberto Caeiro, aquele em que o Jesus Menino fugiu do céu e veio para a terra escorregando num raio de Sol. Lembrou-se da seriedade das conversas entre o poeta e o Deus criança. E ali estava ele conversando seriamente com uma criança sobre uma coisa que dava medo. Mas era mais fácil conversar com sua neta que com os adultos.

"Sabe de uma coisa, minha neta?", ele continuou. "Todos aqui em casa me amam. Eles sofrem por saber que estou com câncer. E eles tentam me consolar contando-me umas mentiras bondosas do tipo 'tudo vai ficar bem', 'há recursos médicos muito avançados'... O que eles querem é que eu e eles não soframos pelo pensamento da morte, que façamos de conta que nada vai acontecer. Mas eu não quero palavras de consolo. Eu gostaria mesmo é que eles viessem até mim como você veio com a sua pergunta franca, e conversássemos sobre a vida que me resta – e a vida que resta para eles também... Você foi a única... E assim você ficou muito mais perto de mim..."

"Mas vô", disse a menina, "qual é a vantagem de conversar sobre a morte?".

"Há muitos anos, li sobre a sabedoria de um feiticeiro índio que viveu perto da fronteira dos Estados Unidos com o México. O nome dele era D. Juan. As coisas que ele disse sobre a morte abriram os meus olhos. Comecei a vê-la de um outro jeito..."

O avô se levantou, foi até uma estante cheia de livros e de lá tirou um que tinha como título *Viagem a Ixtlan*. O autor era um antropólogo chamado Carlos Castañeda. O livro estava cheio de marcas vermelhas, os lugares que mais o haviam impressionado.

"Era uma conversa entre o feiticeiro e o antropólogo. Vou ler o que o feiticeiro disse sobre a morte." E então, com voz pausada, ele leu:

A morte é nossa eterna companheira. Está sempre à nossa esquerda, à distância de um braço. (...) O que se deve fazer quando se é impaciente é virar-se para a esquerda e pedir conselhos a sua morte.

Você perderá uma quantidade enorme de mesquinhez se sua morte lhe fizer um gesto, ou se a vir de relance, ou se, ao menos, tiver a sensação de que sua companheira está ali, vigiando-o. (...) A morte é a única conselheira sábia que possuímos. Toda vez que sentir, como sente sempre, que está tudo errado e você está prestes a ser aniquilado, vire-se para sua morte e pergunte se é verdade. Ela lhe dirá que você está errado; que nada importa realmente, além do toque dela. Sua morte lhe dirá: "Ainda não o toquei.".

"Vô", disse a menina. "O feiticeiro disse que a morte fala. Mas eu nunca soube que a morte falasse..."

"Fala sim. Fala sem usar palavras. E o interessante é que a morte nunca fala sobre ela mesma. Ela só fala sobre a vida. Basta pensar nela para que a gente ouça a sua voz silenciosa nos perguntando: 'E a sua vida, como vai? O que é que você está fazendo com o tempo que lhe resta?'. Quem ouve essa pergunta está a caminho de tornar-se sábio. Por isso D. Juan disse que a morte é a única conselheira sábia que temos."

"E vô, o que é ser sábio?", perguntou a menina.

"Ser sábio é saber aquilo que é essencial para uma vida, se não feliz (ser feliz por inteiro é coisa muito rara!), pelo menos aberta à alegria, quando ela nos pega em deliciosos momentos de distração. Ser sábio é saber a arte de garimpar a alegria. O diamante vem misturado com muita areia. O sábio olha, vê o diamante brilhando, pega o diamante e despreza a areia. O tolo pega toda a areia. É isso que D. Juan tinha em mente quando disse que, diante da morte, 'uma imensa quantidade de mesquinhez desaparece'. A morte nos faz ver que gastamos muito tempo com lixo e, com isso, estragamos a vida."

"E eu?", continuou o avô, "o que é que a morte está me dizendo? Ela está me dizendo: 'Ainda não o toquei!'".

"Ela está me dizendo: 'Você está vivo!'. Se estou vivo, a minha vida está me oferecendo muitas alegrias. As alegrias que ela me oferece são as mesmas alegrias que ela oferece a todos os outros que ainda não receberam o aviso e fazem de conta que não vão morrer. Por isso, porque eles não têm consciência de que o tempo passa rápido, eles não prestam atenção nas alegrias que a vida lhes oferece. Friedrich Nietzsche, um dos homens mais sábios que existiram, disse que 'a certeza da morte poderia adoçar cada vida com uma gota perfumada de leveza...'."

"Quando os homens fazem de conta que vão viver para sempre, eles não prestam atenção nas bolhas de sabão que fazem a vida. Pois a vida não é feita de bolhas de sabão? Tudo é efêmero e frágil como as bolhas de sabão... Mas elas são lindas, leves, transparentes, fazem adultos e crianças rirem, enchem o ar de alegria... Eu quero fazer muitas bolhas de sabão!"

"Vou lhe contar uma estória que já contei muitas vezes. É assim:

Um homem caminhava por uma floresta. Estava escuro, porque a noite se aproximava. De repente ele ouviu um rugido terrível. Era um leão. Ele ficou com muito medo e começou a correr. Mas ele não viu o caminho por onde ia, porque estava escuro, e caiu num precipício. No desespero da queda, ele se agarrou ao galho de uma árvore que se projetava sobre o abismo. Lá em cima, na beirada do abismo, o leão. Lá em baixo, no fundo do abismo, as pedras. E foi então que, olhando para a parede do abismo, ele viu que ali crescia uma planta verde que tinha um fruto vermelho: era um morango. Ele então estendeu seu braço, colheu o morango e o comeu. Estava delicioso.

Terminou a estória... As pessoas, ao ouvi-la, me perguntam: 'Mas, e o homem? Ele caiu ou não caiu?'. Eu respondo: Quem está dependurado é você, sou eu. Mais cedo ou mais tarde cairemos.

Mas é melhor cair com a barriga cheia de morangos que com a barriga vazia..."

"A vida é assim. Sei que estou pendurado sobre o abismo. Mas há muitos morangos a serem comidos... Eu comerei todos os morangos que puder, antes de cair..."

"Os morangos não são os mesmos para todas as pessoas. É a morte que nos obriga a escolher os morangos que queremos comer."

"Vô, me conta alguns dos seus morangos", pediu a neta. O avô então começou:

"Conversar sobre a vida e a morte com uns poucos amigos, do jeito como estou conversando com você."

"Escrever. Escrever é uma brincadeira que faço com as palavras e se parece com a montagem de um *puzzle*. A primeira alegria está na ideia, quando ela aparece sem que eu saiba de onde. A segunda alegria está em juntar as ideias para que elas formem um mosaico. A terceira alegria acontece quando o mosaico fica pronto. É a hora de compartilhá-lo com os amigos."

"Ler. Ao ler eu saio do meu mundo – e mesmo da minha doença – e entro em mundos fantásticos que me causam espanto, admiração, medo, aflição, emoção e mesmo amor. Lendo eu vivo outras vidas diferentes da minha."

"Diariamente quero tomar banho de chuveiro com a atenção totalmente voltada para o prazer da água morna escorrendo sobre o meu corpo."

"Cuidar de um jardim. Ele ficará como uma dádiva às pessoas que amo. Se eu tiver espaço, quero plantar uma ou muitas árvores. Serão árvores sob cuja sombra eu nunca me assentarei. Um sábio judeu chamado Martin Buber escreveu que o homem que primeiro plantou uma árvore à cuja sombra nunca se assentaria, esse foi o primeiro homem a esperar o Messias. Plantando uma árvore eu anuncio a minha esperança quanto ao futuro da nossa terra."

"Ouvir minhas músicas preferidas. Outros escolherão músicas diferentes das minhas. Mas não importa. Quem melhor fala sobre a música é o meu amigo Artur da Távola. Ele diz: 'Música é vida interior. E quem tem vida interior nunca está sozinho!'."

"Quero organizar um álbum com as fotos dos momentos felizes que tive para que eles se repitam sempre na minha lembrança..."

"Quero comer as comidas de Minas, frango com quiabo, polenta e pimenta, biscoito de polvilho com café com leite, quero chupar manga, mexerica, jabuticaba e banana-prata bem madura com leite gelado..."

"E quero poder continuar a tomar meu *bourbon* favorito, Jack Daniels, que me faz lembrar um amigo que já morreu..."

"Isso tudo, é claro, se houver tempo..."

"A hora para comer morangos é sempre agora. O passado já foi. O futuro ainda não chegou. Passado e futuro são tempos que não fazem parte da nossa vida. O único tempo que está vivo e nos pertence é o agora. Então, é nesse agora que estamos vivendo que devemos comer o nosso primeiro morango."

"Agora, minha neta, que morango vamos comer? Um poeminha da Cecília Meireles? Um bombom de chocolate suíço? Um sorvete? Uma partida de damas?..."

"Você começou essa conversa perguntando se eu vou morrer. É provável que eu morra dentro de um tempo não muito longo. Mas vou me esforçar para encher esse tempo que me resta com morangos vermelhos cheios de alegria..."

O DIREITO DE DORMIR

Não existe imagem que mais tranquilize a alma que a imagem de uma criança adormecida. Seus olhinhos fechados dizem que o seu pequeno corpo está aninhado, fechado dentro de si mesmo, num ninho de silêncio e escuridão.

Mas é comum que essa tranquilidade seja precedida por uma luta contra o sono: a criança não quer dormir. Ela tem medo da escuridão. E o medo agita a alma.

Foi pensando nisso que os músicos inventaram um tipo de música chamado *berceuse*, que é uma canção doce destinada a ajudar as crianças a dormir. Ah, como são lindas as *berceuses* de Brahms e de Schumann! Elas acalmam a criança amedrontada que mora em mim, põem os seus medos para dormir. E enquanto seus medos dormem, eu durmo bem longe deles... Mas isso que os músicos fizeram foi apenas instrumentalizar as canções que as mães de todo o mundo inventaram para fazer seus filhos dormir. As *berceuses* acalmam a alma das crianças.

Tudo o que existe precisa dormir. O simples existir cansa. A se acreditar nos poetas e nas crianças, até mesmo as coisas.

Minha filha, aos quatro anos, olhando os vales e as montanhas que se perdiam de vista nos horizontes de Campos de Jordão, fez-me esta pergunta metafísica: "Papai, as coisas não se cansam de serem coisas?".

Fernando Pessoa teve suspeita semelhante e escreveu: "Tenho dó das estrelas luzindo há tanto tempo, há tanto tempo... Tenho dó delas. Não haverá um cansaço das coisas, de todas as coisas, como das pernas ou de um braço? Um cansaço de existir, de ser, só de ser, o ser triste brilhar ou sorrir...".

Ele, poeta, estava cansado. Olhava para as estrelas que luziam há tanto tempo – e tinha dó delas. Elas deveriam estar muito cansadas. Suas pálpebras jamais se fechavam. Seus olhos estavam sempre abertos, sem poder dormir jamais...

Pergunto-me então se não haverá um simples cansaço de viver. Será que não chega o momento em que a vida diz, das profundezas do seu ser, como um pedido de socorro aos que entendem a sua fala: "Estou cansada. Quero dormir o grande sono..."?

Os especialistas na arte da tortura descobriram que uma das técnicas mais eficazes e discretas para se obter a confissão de um torturado era a de impedir que ele dormisse. Assentado numa poltrona confortável, o prisioneiro espera. O tempo passa em silêncio, sem interrogatório. Vem o sono. As pálpebras pesam e querem se fechar. Mas alguém que o vigia o sacode para impedir que ele durma. E assim o tempo vai passando. O desejo de dormir vai crescendo, as pálpebras pesam até um ponto insuportável. Nesse momento a necessidade de dormir é tão terrível que o prisioneiro está pronto para confessar qualquer coisa só para poder descansar.

Foi coisa parecida que fizeram com a Eluana Englaro, mulher italiana com 38 anos de idade dos quais 17 passara em vida vegetativa. Seu sono sem despertar dizia que ela desejava dormir. Mas os torturadores, a ciência, as leis e a religião lhe negavam esse direito. Obrigavam-na a continuar viva contra a vontade do seu corpo que ansiava pelo grande sono. Ligaram seu corpo a máquinas que impediam que ela dormisse. Vivia mecanicamente.

Finalmente, o direito de dormir lhe foi concedido. Fantasio que ela dormiu como uma criança, ouvindo a *berceuse* de Brahms...

SEU RETRATO

Assentados à mesa de um bar tomando um café, ela virou-se para mim e me disse, num tom de desaprovação: "Rubem, você não leva o amor a sério. Se levasse você não voltaria tantas vezes àquele poema do Cassiano Ricardo, 'Seu retrato'".

"Esse poema é uma negação do amor", ela continuou. O poema é dirigido à mulher amada. Mas dizer o que ele disse à mulher que ele diz amar é o mesmo que dizer "eu não a amo...". Pois as duas perguntas com que ele inicia o poema estão dizendo: "Eu não a amo; o que amo é o seu retrato...".

Por que tenho saudade
de você, no retrato,
ainda que o mais recente?
E por que um simples retrato,
mais que você, me comove,
se você mesma está presente?

Quem me dá saudades de você não é você, é o seu retrato, mesmo quando estamos de mãos dadas. E é o retrato e não você que me comove, quando estamos assentados lado a lado...

Essas duas perguntas que um amante jamais deveria fazer – pelo enigma que elas contêm – já me têm feito pensar muitas coisas diferentes em tempos diferentes. Os poemas são sempre assim. Cada leitura é uma nova interrogação.

Até que percebi que esse poema não é nem sobre o amor nem sobre a amada. É sobre "o retrato". O poema é uma meditação sobre o mistério do retrato de uma mulher.

Retratos têm mistérios? Retratos, coisas tão banais... Todo mundo tira retratos. Retratos não passam de um artifício técnico que permite gravar numa folha de papel uma cena da natureza ou um rosto. Nada mais. Mas será só isso mesmo?

Roland Barthes, solteirão que vivia com sua mãe, depois que ela morreu foi escarafunchar os álbuns de retratos à procura de uma fotografia sua. Eram muitos os retratos. Todos eles de sua mãe. Mas ele examinava cada um e os rejeitava, pondo-os de lado. Eram retratos de sua mãe, sim, mas eles não tinham aquilo que ele estava procurando. Uma fotografia contém um mistério que está além do visível.

Até que uma fotografia o fez parar. Seus olhos se encheram de lágrimas. Lá estava o retrato que procurava. O que é que ele continha de especial? Era um retrato que havia capturado a essência de sua mãe, tal como ela vivia no seu coração. Era um retrato de sua mãe menina...

O que existe de mágico numa fotografia é que ela tem a possibilidade de fixar um momento efêmero de beleza que aconteceu num segundo de tempo e se foi. O retrato tem o poder de fixar e imobilizar um efêmero momento de beleza.

Era uma tarde quente quando Albert Camus rabiscou esta curta observação no seu caderno de notas:

> Céu de trovoada em agosto. Aragem escaldante. Nuvens negras. No entanto, do lado do nascente, uma faixa azul, delicada, transparente. Impossível fixá-la. A sua presença é uma tortura para os olhos e para a alma. Porque a beleza é insuportável. Ela desespera-nos, eternidade de um minuto que desejaríamos prolongar pelo tempo fora.

O que ele gostaria de roubar do tempo era a beleza: uma faixa azul, delicada, transparente... Gostaríamos que ela fosse eterna. Mas a beleza escorrega no tempo que passa sem parar.

A beleza é o que acontece quando a eternidade toca o tempo. E a câmera fotográfica tem o poder mágico de fixar esse toque de eternidade num rosto.

Mas a captura da beleza é coisa rara. Somente os fotógrafos com olhos de artistas têm a capacidade de percebê-la.

Assim, traduzindo o poema como outras palavras:

Minha amada: Você, mulher que amo, está viva, move-se no tempo que tudo destrói. Mas houve alguém, um artista, um fotógrafo, que foi capaz de capturar aquele momento mágico quando a eternidade tocou o seu rosto. No seu retrato você está eternizada na sua beleza. É assim que eu a desejo, para sempre...

E o seu retrato, esse que amo, não é igual a você, que vive no tempo. Ele é o seu rosto tocado por um raio de eternidade que a tornou infinitamente bela.

Que fragmento de eternidade se encontra no seu retrato?

Será esse ar indefinível de lembrança de um passado que já foi e que me faz sentir saudade?

Ou será um sorriso de criança?

Ou um sentimento de ausência?

Talvez o fato de os seus olhos me seguirem sempre por onde quer que eu vá...

Olho e percebo que o seu retrato mais se parece com você que você mesma. Porque nele você está fora do tempo, fixada pela luz da eternidade.

Mas, para assim ver o seu retrato é preciso que os olhos que o contemplam sejam apaixonados por você...

ORAÇÃO PELOS QUE SÃO DIFERENTES

Lembramo-nos com ternura das crianças, dos jovens e dos adultos que ou nasceram com uma diferença ou que, em virtude de algum acidente na vida, vieram a ficar diferentes. São as diferenças de inteligência, de rosto, de corpo ou de saúde que trazem sofrimento. Todos desejamos ser iguais.

As diferenças fazem sofrer por causa delas mesmas. Mas há um sofrimento igual ou maior, que é aquele que vem do olhar espantado dos outros. Sabemos que não fazem isso por maldade. Olham espantados por não saber como olhar.

Há também o sofrimento que vem da pergunta: "Por que isso aconteceu comigo? Por que isso aconteceu com o meu filho?". Mas não há resposta para essa pergunta. Não há razões para o que aconteceu.

Sabemos que a natureza, tão perfeita, vez por outra, erra. O que aconteceu aconteceu porque a natureza errou e não porque tu quiseste. Tu também estás sofrendo.

Sofrem os pais porque eles sempre sonharam com o melhor para seus filhos. Sofrem por ver que a vida não deu a seus filhos aquelas coisas boas com que haviam sonhado. Defrontam-se, então, com a difícil missão de continuar a gerar seus filhos pela vida afora por meio dos seus cuidados e do seu amor.

Rogamos-te, ó Deus, que tu dês aos pais e às pessoas que cercam essas crianças, irmãos, enfermeiros, professores, colegas, um olhar tranquilo e amoroso – porque sabemos do poder vivificante do amor.

Rogamos-te pelas escolas. Sabemos que há pais insensíveis, que repudiam a ideia de que seus filhos possam partilhar sua vida escolar com crianças diferentes, como se as diferenças fossem infectá-los com alguma coisa má. Dá a essas escolas firmeza para acolher as crianças diferentes, mesmo diante das pressões dos pais insensíveis. Que elas percebam que esse contato com crianças e pessoas diferentes tem um potencial enriquecedor, desenvolvendo a capacidade de ajudar, de entender e de amar.

Sobretudo, que estejam atentas à alegria no rosto dessas pessoas, quando ela surge como um sorriso. As alegrias das pessoas diferentes são idênticas às alegrias das outras pessoas. Talvez até maiores, por serem mais puras. Também elas desejam usufruir as alegrias da vida. E livra-as da maldição da comparação.

Que não nos esqueçamos de que a velhice se aproxima e que chegará o dia em que nós mesmos seremos diferentes. E nos faltará a visão. E não ouviremos o que os outros estão falando. E cochilaremos em meio às conversas. E tropeçaremos nos degraus. E a memória nos faltará. E a inteligência vacilará.

Que recebamos, na velhice, a colheita do que semeamos enquanto vivemos em meio às crianças, aos jovens e aos adultos portadores de uma deficiência. E teremos, então, a alegria de ver que os mais jovens nos darão a mesma paciência e bondade que demos aos diferentes durante nossa vida.

*Não há império que valha que por ele se parta
uma boneca de criança. (Fernando Pessoa)*

CASUÍSTICA

Deus dá as ordens no atacado. Os homens pecam no varejo.

Casuística: "Exame minucioso de casos particulares e cotidianos em que se apresentam dilemas morais surgidos da contraposição entre regras e leis universais prescritas por doutrinas filosóficas ou religiosas e as inúmeras circunstâncias concretas que cercam a aplicação prática desses princípios" (*Dicionário Houaiss da língua portuguesa*). Casuística é isto: traduzir a linguagem do atacado na linguagem do varejo.

Os intérpretes da lei, hebreus, no seu esforço para garantir que ninguém pecasse no varejo, trataram de trocar os mandamentos em miúdos, nos seus mínimos detalhes. Veja-se o caso do quarto mandamento do decálogo, que determina que o sétimo dia deve ser santificado: "Lembra-te do dia do sábado para o santificar. Seis dias trabalharás, mas o sétimo dia é o sábado. Não farás nenhum trabalho..." (Êxodo 20:8-10).

Mas a inteligência do intérprete da lei pergunta: o que é "obra alguma"? Será possível que uma pessoa, inocentemente, faça sem saber alguma "obra", desta forma quebrando o mandamento e incorrendo em pecado? Surge um caso concreto: um agricultor, num sábado, leva sua enxada de um lugar para outro. Ele não está trabalhando com sua enxada. Está apenas mudando sua localização no espaço. O casuísmo responde: se um outro, que não o dono da enxada, a transportasse de um lugar para outro, ele estaria trabalhando não como agricultor, mas como transportador. Estaria quebrando o sábado. Logo, quando esse transporte não é feito pelo próprio dono, há um trabalho sendo realizado.

A situação fica clara quando a ferramenta é grande. Mas, e no caso de ferramentas minúsculas, como, por exemplo, as agulhas que os alfaiates espetam na sua roupa ou as canetas? Eu, que sou escritor, estarei transgredindo o quarto mandamento ao carregar no meu bolso, num dia de sábado, uma caneta esferográfica, meu instrumento de trabalho? Ferramenta é ferramenta, grande ou pequena, em uso e fora de uso. Assim, os intérpretes da lei advertem os alfaiates que, antes do pôr de sol da sexta-feira, quando o sábado se inicia, é preciso examinar meticulosamente suas roupas para ver se alguma agulha não ficou ali esquecida. Um alfaiate que caminha no sábado tendo uma agulha espetada em sua roupa está transgredindo o quarto mandamento, o mesmo valendo para os escritores que carregam nos bolsos suas canetas.

* * *

Foi um amigo que me contou. Não sei se acredito. Vocês que decidam. Ele estava em Israel fazendo turismo. Aí, ao entrar no elevador, notou que alguém, talvez uma criança, havia apertado os botões de todos os andares. Assim ele subiu, parando em todos os andares intermediários, porque não era possível desapertar os botões. Horas mais tarde, querendo descer, foi até o elevador e viu que a brincadeira se repetira. Todos os botões estavam apertados. Comentou o fato com um amigo que mora lá. O amigo explicou: "Hoje é o *shabath*. Não se pode fazer trabalho algum. Apertar um botão de elevador é um trabalho. Assim, para evitar que os fiéis sejam obrigados a pecar, apertando os botões dos seus andares, no *shabath* todos os elevadores são programados para ficar subindo e descendo sem parar, parando em todos os andares. Assim, pode-se subir ou descer sem pecar com a ponta do dedo".

ÉTICA DE PRINCÍPIOS

Há duas éticas: a ética que brota da contemplação das estrelas perfeitas e imutáveis, a que os filósofos dão o nome de ética de princípios, e a ética que brota da contemplação dos jardins imperfeitos e mutáveis – mas vivos –, a que os filósofos dão o nome de ética contextual.

Os jardineiros não olham para as estrelas. Eles nada sabem sobre as estrelas que alguns dizem já ter visto por revelação dos deuses. Como os homens comuns não veem essas estrelas, eles têm de acreditar na palavra dos que dizem já as ter visto na morada dos deuses, longe, muito longe...

Os jardineiros acreditam no que seus olhos veem. Pensam a partir da experiência: pegam a terra com as mãos e a cheiram... Seus jardins não são cópias de um modelo eterno. Eles saem da sua imaginação.

Vou aplicar a metáfora a uma situação concreta. A mulher está com câncer em estado avançado. É certo que ela morrerá. Ela suspeita disso e tem medo.

O médico vai visitá-la. Olhando, do fundo do seu medo, no fundo dos olhos do médico, ela pergunta: "Doutor, será que eu escapo desta?".

Está configurada uma situação ética. Que é que o médico vai dizer? Se o médico for um adepto da ética estelar de princípios, a resposta será simples. Ele não terá que decidir ou escolher. O princípio é claro: dizer a verdade, sempre. A enferma perguntou. A resposta terá de ser a verdade. E ele responderá: "Não, a senhora não escapará desta. A senhora vai morrer...". Respondeu segundo um princípio invariável para todas as situações.

A lealdade a um princípio o livra de um pensamento perturbador: o que a verdade irá fazer com o corpo e a alma daquela mulher? O princípio, sendo absoluto, não leva em consideração o potencial destruidor da verdade.

Mas, se for um jardineiro, ele não se lembrará de nenhum princípio. Ele só pensará nos olhos suplicantes daquela mulher. Pensará que sua palavra terá que produzir a bondade. E ele se perguntará: "Que palavra eu posso dizer que, não sendo um engano – 'A senhora breve estará curada' –, cuidará da mulher, como se a palavra fosse um colo que acolhe uma criança?". E ele dirá: "Você me faz essa pergunta porque você está com medo de morrer. Eu também tenho medo de morrer...". Aí, então, os dois conversarão longamente – como se estivessem de mãos dadas... – sobre a morte que os dois haverão de enfrentar. Como sugeriu o apóstolo Paulo, a verdade está subordinada à bondade.

Pela ética de princípios, o uso da camisinha, a pesquisa das células-tronco, o aborto de fetos sem cérebro, o divórcio, a eutanásia são questões resolvidas que não requerem decisões: princípios universais dizem não. O princípio é final.

Mas a ética contextual obriga a fazer perguntas sobre o bem que uma ação irá criar. O uso da camisinha contribui para diminuir a incidência da Aids? As pesquisas com células-tronco contribuem para trazer a cura para uma infinidade de doenças? O aborto de um feto sem cérebro contribuirá para diminuir a dor de uma mulher? O divórcio contribuirá para que homens e mulheres possam recomeçar suas vidas afetivas? A eutanásia pode ser o único caminho para libertar uma pessoa da dor que não a deixará?

Aí estão as duas éticas. A única pergunta a fazer é: "Qual delas está mais a serviço do amor?".

Coisa terrível a inteligência. Tende à morte, como a memória à estabilidade. O vivo, aquilo que é absolutamente instável, o absolutamente individual é, rigorosamente falando, ininteligível. (Unamuno)

Que me pode dar a China que a minha alma me não tenha já dado? E, se a minha alma mo não pode dar, como mo dará a China, se é com minha alma que verei a China, se a vir? (Fernando Pessoa)

O BOLSO

Ah, tanta gente quer saber se acredito em Deus! Mas eu não entendo tal pergunta porque não sei o que elas querem dizer com essa palavra "acreditar".

E se eu respondesse, elas receberiam apenas uma mentira, mesmo que eu falasse a verdade.

As palavras são enganosas... Palavras são bolsos vazios. À medida que a gente vai vivendo, vai pondo coisas dentro do bolso. O bolso que tem o nome "Deus" fica cheio das quinquilharias que catamos pela vida.

Assim, quando falamos sobre Deus, não falamos sobre Deus. Falamos é sobre as coisas que guardamos dentro desse bolso. Se eu respondesse "acredito em Deus", a outra pessoa se enganaria pensando que dentro do meu bolso eu guardo as mesmas coisas que ela guarda no dela. E concluiria mais que sou uma boa pessoa. Mas, se tivesse dito que não acredito em Deus, ela concluiria que não sou uma boa pessoa.

Uma sugestão: vejam o filme *A língua das mariposas*. Ele se passa no final da guerra espanhola, quando o ditador se pôs a matar seus inimigos derrotados. Não importava que nada tivessem feito, que não tivessem disparado um tiro. Eles eram culpados de pensar diferente. Os soldados haviam chegado a uma aldeia e todos os diferentes (eles não iam à missa) estavam sendo presos para o fuzilamento. A aldeia inteira assistia às prisões daqueles que até a véspera tinham sido seus amigos. O padre sabia e, ao lado dos fuzis, se preparava para a absolvição dos pecados... E a acusação suprema de impiedade que era lançada aos caminhantes, "dali a pouco cadáveres", era: "Ateus!". Mas o que importava mesmo era que o generalíssimo Franco acreditava em Deus e era católico de comunhão diária. Muitas pessoas guardam mortes no bolso que tem o nome de Deus.

"Acreditar", no sentido comum que as religiões dão a essa palavra, refere-se a entidades que ninguém jamais viu, tais como anjos, pecados, santos, milagres, castigos divinos, inferno, céu, purgatório... No meu bolso sagrado, "acreditar" é palavra que não entra. Ele está cheio é com palavras que têm a ver com amor, mesmo que o objeto do meu amor não exista. Lembro-me das palavras de Valéry: "Que seria de nós sem o socorro das coisas que não existem?". Muitas coisas que não existem têm poder...

Eu amo a beleza da natureza, da música, de um poema. Amo a beleza das palavras de amor que os apaixonados trocam. Uma criança adormecida é, para mim, uma revelação, uma ocasião de espanto. Acho que Bachelard adoraria nos mesmos altares que eu: "A inquietação que temos pela criança", ele escreveu, "sustenta uma coragem invencível". Uma criança é um pequeno deus.

Para mim, a beleza é sagrada porque, ao experimentá-la, eu me sinto possuído pelo Grande Mistério que nos cerca. Sinto-me como uma aranha que constrói a sua teia sobre o abismo. O abismo está à volta de nós, o abismo está dentro de nós. Os fios da minha teia, eu os tiro de dentro de mim, são partes do meu corpo. Teço a minha teia com poesia e música.

De Deus só temos a suspeita. A beleza é a sombra de Deus no mundo. Sobre ele – ou ela – deve-se calar – muito embora as religiões sejam por demais tagarelas a seu respeito, havendo mesmo algumas que se acreditam possuidoras do monopólio das palavras certas – a que dão o nome de dogmas.

Estou de acordo com Alberto Caeiro: "Pensar em Deus é desobedecer a Deus, porque Deus quis que não o conhecêssemos...". Se ele quisesse que eu acreditasse nele, sem dúvida que viria falar comigo e entraria pela porta dizendo-me: "Aqui estou!".

E de acordo também com Walt Whitman: "E à raça humana eu digo: – Não seja curiosa a respeito de Deus, pois eu sou curioso sobre todas as coisas e não sou curioso sobre Deus. Não há palavra capaz de dizer quanto eu me sinto em paz perante Deus e a morte. Escuto e vejo Deus em todos os objetos, embora de Deus mesmo eu não entenda nem um pouquinho". "Já percebi que estar com aqueles de quem gosto é quanto basta..." Buber concordaria. Estar junto é divino. Deus mora nos intervalos entre as pessoas que se amam.

Eu já nem tenho mais o bolso com o nome "Deus". Esse nome se presta a muitas confusões. Muitos bolsos com esse nome estão cheios de escorpiões e vinganças.

Amo a sombra de Deus. Mas ele mesmo eu nunca vi. Sou um ser humano limitado. Só sou capaz de amar as coisas que vejo, ouço, abraço, beijo...

Tenho, isso sim, um bolso com o nome de "O Grande Mistério". Mas não sei o que está dentro dele. Por vezes suspeito que é o meu coração...

ESTRELAS OU JARDINS

Fui eu quem levantou a questão do sofrimento dos doentes terminais e, com ela, a difícil questão da eutanásia. Julgo-me, portanto, na obrigação de pensar essas questões pelo ângulo da ética.

Diariamente nos defrontamos com dilemas éticos porque eles fazem parte do cotidiano da vida. Ética são os pensamentos que pensamos quando nos encontramos diante de uma situação problemática que nos pergunta: "Que devo fazer para que a minha ação produza o maior bem possível – ou o menor mal possível?".

Essa pergunta pode ser respondida de duas formas diferentes, dependendo da direção do nosso olhar.

Há um olhar que contempla as estrelas e descansa na sua eternidade, perfeição e imutabilidade. Habitando ao lado das estrelas estão os valores éticos que foram criados mesmo antes que elas e gozam da sua imutabilidade. Como se fossem "móveis" e "obras de arte" da mansão divina. Quando surge um problema na terra os olhos procuram a resposta nos céus, morada da verdade eterna de Deus.

Há, entretanto, um outro olhar que não olha para as estrelas por preferir os jardins. Deus começou a sua obra criando as estrelas, mas terminou-a plantando um jardim... A se acreditar nos poemas sagrados, Deus ama acima de tudo, mais que as estrelas, o jardim. Está escrito: "(...) e Deus passeava pelo jardim ao vento fresco da tarde...". Deus ama mais os jardins porque ama mais a vida que as pedras.

Árvores, arbustos, flores são seres vivos. Neles não há nada que seja permanente. Tudo muda sem parar. Uma folha que estava verde seca e cai. Uma planta que se planta hoje será arrancada amanhã. Um galho onde um pássaro fez um ninho apodrece e tem de ser cortado. O jardim, como a música, tem sua beleza nas constantes e imprevisíveis transformações.

Os astrônomos olham para os céus e podem determinar com precisão a verdade do astro que estão examinando. Os jardineiros olham para o jardim e não podem determinar nada com precisão. Porque a vida não é uma estrela. O jardineiro não olha para as estrelas para decidir sobre o que fazer com o seu jardim. Ele observa a paisagem, examina cada uma das plantas, o que foi verdade ontem pode não ser verdade hoje, vê as transformações, imagina possi-bilidades não pensadas, cria novos cenários...

A ética da Igreja Católica é a ética dos olhos que examinam as estrelas em busca da perfeição final eterna. Não é por acidente que ela não escolheu como símbolo para si mesma um jardim. Ela escolheu como seu símbolo uma pedra: *Petrus*...

A ética que nasce da contemplação das estrelas resolve de maneira definitiva e absoluta os dilemas da vida. Nós, que vivemos no tempo ao lado dos jardins (efêmeros), ao nos defrontarmos com um dilema ético, temos de nos perguntar: "O que dizem as estrelas? Que valores estão eternamente gravados nos céus?". Porque a tarefa dos homens é trazer para a terra a perfeição imutável dos céus. A palavra eterna dos céus diz o que nós, seres do tempo, temos de fazer.

E assim se resolvem os problemas que a experiência vem colocando através da história: o homossexualismo, o divórcio, a pesquisa com as células-tronco (tantas vidas seriam salvas!), o aborto de fetos sem cérebro, a eutanásia. Porque, examinados os astros, as respostas vieram prontas...

EUTANÁSIA

O DIREITO DE MORRER

Eluana Englaro foi uma mulher italiana que entrou num estado vegetativo persistente no dia 18 de janeiro de 1992, depois de um acidente de carro. Ela se tornou o foco de uma batalha entre aqueles que apoiam e os que não apoiam a eutanásia. Depois de Eluana Englaro ter sido mantida viva artificialmente por 17 anos seu pai pediu que o tubo de alimentação que a mantinha viva fosse removido para que ela morresse naturalmente, declarando que ela havia claramente expresso o seu desejo de morrer, no caso de um acidente que a deixasse em coma ou num estado vegetativo. As autoridades inicialmente negaram o seu pedido, mas essa decisão foi posteriormente invertida.

Sempre que se fala em eutanásia seus opositores invocam razões éticas e teológicas. Dizem que a vida é dada por Deus e que, portanto, somente Deus tem o direito de tirá-la. Eutanásia é matar uma pessoa e há um mandamento que proíbe que isso seja feito. Assim, em nome de princípios universais, permite-se que uma pessoa morra em meio ao maior sofrimento.

Pois eu afirmo: sou a favor da eutanásia por motivos éticos. Albert Camus, numa frase bem curta, disse que, se ele fosse escrever um livro sobre ética, 99 páginas estariam em branco e na última página estaria escrito "amor".

Todos os princípios éticos que possam ser inventados por teólogos e filósofos caem por terra diante dessa pequena palavra: "amar". Deus é amor.

O amor, segundo os textos sagrados, é fazer aos outros aquilo que desejaríamos que fosse feito conosco, numa situação semelhante.

Amo os cães e já tive dezenas. Muitos deles, eu mesmo levei ao veterinário para que se lhes fosse dado o alívio para seu sofrimento. Fiz isso porque os amava, eram meus amigos, queria seu bem. E eu gostaria que fizessem o mesmo comigo, se estivesse na sua situação de sofrimento.

Defender a vida a todo custo! De acordo. É a filosofia de Albert Schweitzer e a filosofia de Mahatma Gandhi: reverência pela vida. Tudo o que vive é sagrado e deve ser protegido.

Mas, o que é a vida? Um materialismo científico grosseiro define a vida em função de batidas cardíacas e ondas cerebrais.

Mas será que isso é vida? Ouço os bem-te-vis cantando: eles estão louvando a beleza da vida. Vejo as crianças brincando: elas estão gozando as alegrias da vida. Vejo os namorados se beijando: eles estão experimentando os prazeres da vida. Que tudo se faça para que a vida se exprima na exuberância da sua felicidade! Para isso todos os esforços devem ser feitos.

Mas eu pergunto: a vida não será como a música? Uma música sem fim seria insuportável. Toda música quer morrer. A morte é parte da beleza da música. A manga pendente num galho: tão linda, tão vermelha. Mas o tempo chega quando ela quer morrer. A criança brinca o dia inteiro. Chegada a noite ela está cansada. Ela quer dormir. Que crueldade seria impedir que a criança dormisse quando seu corpo quer dormir.

A vida não pode ser medida por batidas de coração ou ondas elétricas. Como um instrumento musical, a vida só vale a pena ser vivida enquanto o corpo for capaz de produzir música, ainda que seja a de um simples sorriso.

Admitamos, para efeito de argumentação, que a vida é dada por Deus e que somente Deus tem o direito de tirá-la. Qualquer intervenção mecânica ou química que tenha por objetivo fazer com que a vida dê seu acorde final seria pecado, assassinato.

Vamos levar o argumento à suas últimas consequências: se Deus é o senhor da vida e também o senhor da morte, qualquer coisa que se faça para impedir a morte, que aconteceria inevitavelmente se o corpo fosse entregue à vontade de Deus, sem os artifícios humanos para prolongá-la, seria também uma transgressão da vontade divina. Tirar a vida artificialmente seria tão pecaminoso quanto impedir a morte artificialmente – porque se trata de intromissões dos homens na ordem natural das coisas determinada por Deus.

De noite o corpo cansado deseja dormir, deseja descansar enrolado no manso veludo da inconsciência. Na noite da vida, a velhice, o corpo cansado deseja morrer, deseja descansar enrolado no manso veludo da inconsciência. Dormir e morrer são a mesma coisa.

A vida, esgotada a alegria, deseja morrer. O que eu desejo para mim é que as pessoas que me amam me amem do jeito como eu amo os meus cachorros.

A vida é uma grande feira e tudo são barracas e saltimbancos. (Fernando Pessoa)

CHUCRUTE

Interessa-me a origem das coisas.

Foi assim que aconteceu... O inverno vinha vindo; os alemães se prepararam fazendo provisões de tudo, especialmente repolhos, barricas e mais barricas de repolho. Os americanos até hoje fazem isso, preparam-se para o inverno, muito embora haja supermercados. Aí, no meio do inverno, uma barrica de repolho explodiu. Foi aquela meleca, aquela fedentina, espuma de repolho por todos os lados, um cheiro azedo insuportável. Mas nada podia ser perdido. O inverno era longo. Tinham de comer o repolho de qualquer forma. (É bem sabido o poder do repolho fermentado para produzir gases. Ainda chegará o dia em que, da mesma forma como desenvolvemos combustível líquido a partir da cana-de-açúcar, nossos cientistas haverão de descobrir um jeito de produzir o gás de cozinha a partir do repolho. O repolho ainda será a arma que nos livrará de nossa dependência da Bolívia.) Então, resolveram comer o repolho fermentado assim mesmo, de extraordinária potência pneumática. E descobriram que repolho azedo é melhor que repolho sem ser azedo, especialmente quando se lhe acrescentam batatas e salsichas gordas de inquestionável significado psicanalítico.

DECISÃO

A Escola Nacional de Magistratura incluiu, no dia 30 de junho de 2006, em seu banco de sentenças, o despacho pouco comum do juiz Rafael Gonçalves de Paula, da 3ª Vara Criminal da Comarca de Palmas, em Tocantins. A entidade considerou de bom senso a decisão de seu associado, mandando soltar Saul Rodrigues Rocha e Hagamenon Rodrigues Rocha, detidos sob acusação de furtarem duas melancias:

Trata-se de auto de prisão em flagrante de Saul Rodrigues Rocha e Hagamenon Rodrigues Rocha, que foram detidos em virtude do suposto furto de duas (2) melancias. Instado a se manifestar, o Senhor Promotor de Justiça opinou pela manutenção dos indiciados na prisão. Para conceder a liberdade aos indiciados, eu poderia invocar inúmeros fundamentos: os ensinamentos de Jesus Cristo, Buda e Gandhi, o Direito Natural, o princípio da insignificância ou bagatela, o princípio da intervenção mínima, os princípios do chamado Direito alternativo, o furto famélico, a injustiça da prisão de um lavrador e de um auxiliar de serviços gerais em contraposição à liberdade dos engravatados e dos políticos do mensalão deste governo, que sonegam milhões dos cofres públicos, o risco de se colocar os indiciados na Universidade do Crime (o sistema penitenciário nacional)... Poderia sustentar que duas melancias não enriquecem nem empobrecem ninguém. Poderia aproveitar para fazer um discurso contra a situação econômica brasileira, que mantém 95% da população sobrevivendo com o mínimo necessário apesar da promessa deste presidente que muito fala, nada sabe e pouco faz. Poderia brandir minha ira contra os neoliberais, o consenso de Washington, a cartilha demagógica da esquerda, a utopia do socialismo, a colonização europeia... Poderia dizer que George

Bush joga bilhões de dólares em bombas na cabeça dos iraquianos, enquanto bilhões de seres humanos passam fome pela Terra – e aí, cadê a Justiça neste mundo? Poderia mesmo admitir minha mediocridade por não saber argumentar diante de tamanha obviedade. Tantas são as possibilidades que ousarei agir em total desprezo às normas técnicas: não vou apontar nenhum desses fundamentos como razão de decidir. Simplesmente mandarei soltar os indiciados. Quem quiser que escolha o motivo. Expeçam-se os alvarás. Intimem-se.

Rafael Gonçalves de Paula
Juiz de Direito.

A ciência é um cemitério de ideias mortas, ainda que delas saia a vida. Também os vermes se alimentam de cadáveres. Os meus próprios pensamentos, uma vez arrancados das suas raízes no coração, transportados para esse papel, são já cadáveres de pensamentos.
(Unamuno)

Eu não possuo o meu corpo – como posso eu possuir com ele? Eu não possuo a minha alma – como posso possuir com ela? Não compreendo o meu espírito – como através dele compreender?
(Fernando Pessoa)

PAULO FREIRE

Cumprindo burocracias, a reitoria da Unicamp encarregou-me de elaborar um parecer sobre Paulo Freire que, de alguma forma, avalizasse sua admissão na universidade. Exigência ridícula, dados a projeção e o prestígio do ilustre pedagogo.

Aproveitando a oportunidade, elaborei um não parecer em que discorri, ironicamente, sobre o absurdo da tarefa que me fora encomendada.

O objetivo de um parecer, como a própria palavra o sugere, é dizer a alguém que supostamente nada ouviu e que, por isso mesmo, nada sabe, aquilo que parece ser, aos olhos do que fala ou escreve. Quem dá um parecer empresta seus olhos e seu discernimento a um outro que não viu e nem pôde meditar sobre a questão em pauta. Isso é necessário porque os problemas são muitos e nossos olhos são apenas dois...

Há, entretanto, certas questões sobre as quais emitir um parecer é quase uma ofensa. Emitir um parecer sobre Nietzsche ou sobre Beethoven ou sobre Cecília Meireles? Para isso seria necessário que o signatário do documento fosse maior que eles, e seu nome mais conhecido e mais digno de confiança do que o daqueles sobre quem escreve...

Um parecer sobre Paulo Reglus Neves Freire.

Seu nome é conhecido em universidades do mundo todo. Não o será aqui, na Unicamp? E será por isso que deverei acrescentar a minha assinatura (nome conhecido, doméstico) como avalista? Seus livros, não sei em quantas línguas estarão publicados. Imagino (e bem pode ser que eu esteja errado) que nenhum outro dos nossos docentes terá publicado tanto, em tantos idiomas. As teses que já se escreveram sobre seu pensamento formam bibliografias de muitas páginas. E os artigos escritos sobre seu pensamento e sua prática educativa, se publicados, seriam livros.

Seu nome, por si só, sem pareceres domésticos que o avalizem, transita pelas universidades da América do Norte e da Europa. E quem quisesse acrescentar a esse nome a sua própria "carta de apresentação" só faria papel ridículo.

Não. Não posso pressupor que esse nome não seja conhecido na Unicamp. Isso seria ofender aqueles que compõem seus órgãos decisórios.

Por isso o meu parecer é uma recusa em dar um parecer. E nessa recusa vai, de forma implícita e explícita, o espanto de que eu devesse acrescentar o meu nome ao de Paulo Freire. Como se, sem o meu, ele não se sustentasse.

Mas ele se sustenta sozinho, Paulo Freire atingiu o ponto máximo que um educador pode atingir.

A questão é se desejamos tê-lo conosco. A questão é se ele deseja trabalhar ao nosso lado.

É bom dizer aos amigos:

– Paulo Freire é meu colega. Temos salas no mesmo corredor da Faculdade de Educação da Unicamp...

Era o que me cumpria dizer.

BULAS

Eu acho que toda bula de remédio devia ser assim: uma explicação fácil com letra grande. Ao terminar a leitura, o doente deveria ficar sabendo mais. Mas as bulas dos remédios, não sei para quem são escritas. Para os doentes? Com todas aquelas palavras complicadas escritas em letras tão pequenas que exigem uma lupa? Não, não são escritas para as pessoas que compram o remédio. Também não são escritas para os médicos, pois se eles receitam o dito é porque conhecem o remédio, sabem o que faz e não faz. Os laboratórios imprimem aquelas bulas, eu acho, por razões legais. Se um paciente toma um remédio errado e dá um revertério, ele não poderá apelar para a Justiça. O laboratório se defende: a culpa é do paciente. Estava tudo escrito na bula. Sendo inúteis as bulas, acho que a maioria faz o que eu faço: jogo as bulas fora com dor de consciência porque elas são escritas em papel que veio de uma árvore que teve de ser cortada...

BRINDE

A jovem me olhou com olhos sorridentes e disse: "O senhor aceitaria um brinde?". Ela estava dentro de um balcão circular no aeroporto, rodeada de revistas. Oferecia-me, de graça, uma revista, à minha escolha. O nome dela era Sabrina. Devolvi o sorriso, aproximei-me e disse:

Não vou aceitar o brinde porque não há brindes. O peixe, ao olhar para a isca, pensa: "Oh! Um brinde do pescador". Quando eu era jovem, tentei ganhar a vida como vendedor de livros. Fracassei, mas aprendi a sedução dos brindes. Não vou aceitar o brinde porque sei aonde ele me levará: serei fisgado pelo anzol e ficarei odiando você e eu mesmo pelo brinde, nas inúmeras prestações que terei de pagar. Falo isso por experiência própria.

Ela não argumentou. Percebeu que eu conhecia o engodo. Aí continuamos a conversar. Brinquei com ela:

Você está ganhando a sua vida e enganando a vida dos outros. Mas não se envergonhe. Todo mundo engana. A vida é feita de enganos. Os políticos enganam. Os líderes religiosos enganam. A propaganda, na sua totalidade, é feita de enganos: lança a isca para que as pessoas, peixes, abocanhem o anzol... Mas tenho de louvar a sabedoria psicanalítica dos enganadores. Não é possível pescar usando como isca um pedaço de ferro. Só é isca aquilo que a pessoa deseja. Peixe deseja minhoca... A internet está cheia de iscas. Diariamente me chegam ofertas de remédios que fazem aumentar o pênis... Haverá coisa que os homens desejam mais? Não se deseja pênis grande para ter prazer pessoal grande. Deseja-se pênis grande para dar muito prazer à parceira. Quanto maior, mais prazer. O que o homem deseja é que a mulher, esvaziada de tanto prazer – pois o prazer não esvazia? –, olhe para ele e diga: "Como é bom que você exista". Como disse o Nando, do Quarup, "nós nascemos para sermos adorados como deuses". Esse é o nosso desejo. Por isso abocanhamos a isca e somos fisgados.

O amor é o que há de mais trágico no mundo e na vida. O amor é filho da ilusão e pai da desilusão. É a consolação na desolação. O único remédio para a morte da qual ele é irmão. (Unamuno)

As palavras são para mim corpos tocáveis, sereias visíveis, sensualidades incorporadas. (Fernando Pessoa)

SERRA DA CANASTRA

Ouvi falar pela primeira vez na serra da Canastra no segundo ano do grupo. O programa dizia que a meninada tinha de saber de cor uma lista de nomes de serras e rios, só os nomes mesmo, sem nenhuma informação sobre os espantos que aqueles nomes escondiam. A professora nem se dava o trabalho de mostrar os lugares no mapa. O Manolito, da Mafalda, aquele menino burro, cabelo escovinha, que só pensava no armazém do pai dele, se rebelava contra essa exigência antipedagógica e argumentava: "De que me adianta saber se o Himalaia é navegável ou não?". A professora disse que era na serra da Canastra que nascia o rio São Francisco. E ficou por aí, por muitos e muitos anos, o meu conhecimento da serra da Canastra. Até que lá fui uma vez, via Araxá, estrada de terra ruim, esburacada, que a chuva transformara em barro e atoleiros. Mas valeu a pena. Nunca respirei ar tão perfumado e puro. Vi um bando de mais de 50 canarinhos-da-terra também chamados "cabecinhas-de-fogo". Foi a primeira vez que caminhei pelo cerrado, essa coisa maravilhosa que os homens progressistas destroem para plantar cana. A cada passo as flores me assombravam. E, por falar nas flores do cerrado, é preciso mencionar o livro do Carlos Rodrigues Brandão *O jardim da vida*, com aquarelas das flores pela artista Evandra Rocha. O Brandão se deu o trabalho de procurar, para cada planta e flor, referências literárias em que elas aparecem citadas. E as cachoeiras, centenas, caindo das alturas e formando piscinas de água gelada e transparente! A cada mergulho o corpo rejuvenesce e a alma ri. Faz umas semanas entrei na serra da Canastra por um outro caminho, via Passos, atravessando o rio Grande no porto do Glória. Fiquei na pousada Vale do Céu dos amigos Cláudio, Cristina e seu filho Leo. Eles se apaixonaram pelo lugar. Mas a pousada é desculpa para uma coisa muito maior que eles estão fazendo, cuidando da natureza, dos riachos, das matas, de maneira amorosa e científica. E até contrataram biólogos para mapear as espécies vegetais da região. É difícil lutar contra centenas de anos de hábitos de devastação. E até o Monteiro Lobato caiu nessa e louvou o Jeca Tatuzinho que, depois de tomar Biotônico Fontoura, agarrou um machado e se pôs a derrubar tudo quanto era árvore que via. A comida era servida no fogão de lenha. Como o fogo é bonito! Quando o corpo se assenta diante do fogão de lenha aceso o rosto fica vermelho pela cor das chamas e a alma descansa. A tranquilidade é tanta que as pessoas param a conversa e se entregam ao gozo de olho e pele.

O amor busca com furor, por meio do objeto amado, alguma coisa que está para além dele. E como não a encontra se desespera. (Unamuno)

RELIGIÃO E FELICIDADE

É preciso não acreditar nos números da pesquisa. E isso porque as pessoas religiosas respondem de acordo com aquilo que sua ideologia religiosa as obriga a dizer. Perdão, Fernando Pessoa, pelo que vou fazer com os teus versos: "O religioso é um fingidor. Finge tão completamente que chega a fingir que é gozo a dor que deveras sente...". A religião dos pentecostais e evangélicos é uma religião que promete felicidade. Cristo dá paz àqueles que o têm no coração e resolve pelo milagre (a bênção!) os seus problemas. Se ele disser que não está feliz, ou a sua religião é falsa, não cumprindo o que promete, ou ele não tem Cristo no coração. A ideologia católica permite confessar-se infeliz, porque nosso mundo é mesmo um vale de lágrimas. Felicidade só no céu. O mesmo vale para os protestantes. Um dos seus hinos diz: "Não há dor que seja sem divino fim...". E a ideologia espírita vê o sofrimento como instrumento do carma para promover a evolução. "Bendita a dor que me purifica a alma", dizia a mulher espírita no sofrimento do seu câncer. Já os sem religião, por não estarem amarrados a uma ideologia que os obrigue, têm mais liberdade para reconhecer o sofrimento como sofrimento. Mas não sei se é vantajoso sofrer cientificamente. No sofrimento da dor eu não quero a realidade. Quero mesmo é uma Dolantina, a felicidade dentro de uma ampola.

VELHICE TRANQUILA

Em data passada eu publiquei em meio a espantos e risos a informação que me fora passada por um colega entendido em religiões. Mas não dei muito crédito e preveni meus leitores de que não deveriam aceitar o escrito como real. Por que gastei tempo e espaço do jornal com uma besteira? É que eu cada vez mais me assombro com a capacidade humana de acreditar em coisas absurdas. Eu mesmo já acreditei. E me pergunto: onde estava a minha inteligência? O Chico Buarque e o Vinícius também acreditaram. Em nome de besteiras muitas guerras são travadas e muita gente é morta. A notícia era de que havia uma igreja com o nome de Igreja Pentecostal Cuspe de Cristo. Incrédulo de que a estupidez humana pudesse chegar a esse ponto, resolvi consultar o Google. Descobri que a estupidez humana era muito maior do que eu imaginava. Vão aí alguns poucos exemplos: Assembleia de Deus Canela de Fogo, Assembleia de Deus com Doutrinas e sem Costumes, Associação Evangélica Fiel até Debaixo D'água, Comunidade Arqueiros de Cristo, Comunidade do Coração Reciclado, Cruzada Evangélica do Pastor Waldevino Coelho, A Sumidade, Igreja A Chave do Éden, Igreja A Serpente de Moisés, A Que Engoliu As Outras, Igreja Abastecedora de Água Abençoada, Igreja Abominação À Vida Torta, Igreja Abre-Te Sésamo, Igreja Assembleia de Deus Botas de Fogo Ardentes e Chamuscantes, Igreja Assembleia de Deus do Papagaio Santo que Ora a Bíblia, Igreja Ave César, Igreja Bailarinas da Valsa Divina, Igreja Bambolês Sagrados, Igreja Batista da Pomba Sacrificada, Igreja Batista da

Velhice Tranquila... Se eu não fosse tão descrente, juro que entraria para essa última, a da Velhice Tranquila...

> *O que sinto, na verdadeira substância com que sinto, é absolutamente incomunicável; e quanto mais profundamente o sinto, tanto mais incomunicável é. (Fernando Pessoa)*

> *Só podemos conhecer bem aquilo que amamos e de que tenhamos tido compaixão. (Unamuno)*

> *(...) a arte é a comunicação aos outros da nossa identidade íntima com eles (...).*
> *(Fernando Pessoa)*

> *Giambatista Vico, com sua profunda penetração estética, viu na alma da antiguidade que a filosofia espontânea do homem era fazer-se regra do universo, guiado pelo* instinto d'animazione. *(Unamuno)*

AOS QUE NÃO GOSTAM DE LER

Nada tenho a dizer aos que gostam de ler. Eles já sabem. Mas tenho muito a dizer aos que não gostam de ler. Pena é que, por não gostarem de ler, é provável que não leiam isto que vou escrever. O que tenho a dizer é simples: "Vocês não sabem o que estão perdendo". Ler é uma das maiores fontes de alegria. Claro, há uns livros chatos. Não os leiam. Borges dizia que, se há tantos livros deliciosos de serem lidos, por que gastar tempo lendo um livro que não dá prazer? Na leitura fazemos turismo sem sair de casa gastando menos dinheiro e sem correr os riscos das viagens. O *Shogun* me levou por uma viagem no Japão do século XVI, em meio aos ferozes samurais e às sutilezas do amor nipônico. *Cem anos de solidão*, que reli faz alguns meses, me produziu espantos e ataques de riso. Achei que o Gabriel García Márquez deveria estar sob efeito de algum alucinógeno quando o escreveu. Lendo, você experimenta o assombro do seu mundo fantástico sem precisar cheirar pó. É isso: quem lê não precisa cheirar pó. Nunca tinha pensado nisso. A poesia do Alberto Caeiro me ensina a ver, me faz criança e fico parecido com árvores e regatos. Agora, essa maravilha de delicadeza e pureza do Gabriel velho com dores no peito e medo de morrer: *Memórias de minhas putas tristes*. Li, ri, me comovi, fiquei leve e fiquei triste de o ter lido porque agora não poderei ter o prazer de lê-lo pela primeira vez. Pena que vocês, não leitores, sejam castrados para os prazeres que moram nos livros. Mas, se quiserem, tem remédio...

COZINHAR

Os textos sagrados dizem que, quando Deus voltar à Terra do seu exílio, sua presença será servida como um banquete: todos reunidos à volta de uma mesa, comendo, bebendo, conversando, rindo... Deus se dá como comida. Tal como aconteceu no filme *A festa de Babette*. Babette, a feiticeira, com sua culinária transformou uma aldeia de pessoas amargas em crianças! O comer é um ritual mágico.

Comer é o impulso mais primitivo do corpo. O nenezinho tudo ignora: para ele o mundo se reduz a um único objeto mágico, o seio da sua mãe. Nasce daí a primeira filosofia, resumo de todas as outras: o mundo é para ser comido. Disse alguém que nossa infelicidade se deve ao fato de que não podemos comer tudo o que vemos. Sabem disso os poetas. Os poetas são seres vorazes. Escrevem com intenções culinárias. Querem transformar o mundo inteiro, os seus fragmentos mais insignificantes, em comida. Quem sabe numa simples azeitona... Poemas são para ser comidos. Dizia Neruda:

> Sou onívoro de sentimentos, de seres, de livros, de acontecimentos e lutas. Comeria toda a terra. Beberia todo o mar... Persigo algumas palavras... Agarro-as no voo... e capturo-as, limpo-as, aparo-as, preparando-me diante do prato, sinto-as cristalinas... vegetais, oleosas, como frutas, como azeitonas... E então as revolvo, agito-as, bebo-as, sugo-as...

A memória mais forte que tenho do cozinhar é a do meu pai preparando um peixe para o forno. Ele ficava transfigurado.

128

Acho que ele teria se realizado mais como cozinheiro. Quando via o prazer no rosto dos convidados era como se eles estivessem devorando ele mesmo, o cozinheiro, antropofagicamente. Todo cozinheiro quer sentir-se devorado. Toda comida é antropofagia, toda comida é sacramento.

Fico a me perguntar quais as razões que fizeram com que a culinária nunca tenha sido elevada à dignidade acadêmica de "arte", como a música e a pintura. Talvez porque o prazer da comida seja tão intenso que não deixa espaço para as funções contemplativas e intelectuais, ligadas às outras artes.

Tenho uma grande indiferença pela obra dele. Já o vi... Nunca pude admirar um poeta que me foi possível ver. (Fernando Pessoa)

Talvez que a imensa via-láctea, por nós contemplada nas noites claras, esse enorme anel do qual nosso sistema planetário não é mais do que uma molécula, não seja, por sua vez, mais do que uma célula do Universo do Corpo de Deus. (Unamuno)

O TEMPO DA DELICADEZA

"Tudo tem o seu tempo determinado e há tempo para todo propósito debaixo do céu", diz o texto sagrado. O amor também tem os seus tempos e ele muda como mudam as estações.

Nos países frios, a primavera é o tempo da pressa. Os bulbos, que por meses hibernaram sob o gelo, repentinamente despertam de seu sono, rompem da noite para o dia a camada de neve que os cobria e exibem sem o menor pudor seus órgãos sexuais coloridos e perfumados, suas flores...

"Que lindas", dizemos. Ignoramos que aquela é uma beleza apressada. A primavera é curta. Outro inverno virá. É preciso espalhar o sêmen com urgência para garantir a continuidade da vida. Por isso se exibem assim, em sua nudez colorida e perfumada, para atrair os parceiros do amor.

Se as plantas pensassem, elas teriam os mesmos pensamentos que têm os jovens quando neles desperta o sexo no seu furor para realizar-se. É só isso que importa: o coito. Passado o êxtase, vai-se o interesse, fuma-se um cigarro, vira-se para o outro lado... Tomás, o amante de *A insustentável leveza do ser*, nunca permitia que uma mulher dormisse na sua cama. Ele se livrava delas depois de realizado o ato. É um sexo potente e feio.

O verão é o tempo quando a fúria reprodutiva se esgotou. Tempo maduro, tempo do trabalho, dos filhos, das rotinas domésticas. Os mesmos olhos que se excitavam ao contemplar o corpo nu da mulher amada já não se excitam. Já não sorriem nem têm palavras poéticas a dizer sobre ele. Há uma rotina sexual a ser cumprida. Vai-se o encantamento, os olhos e as mãos se cansam da mesmice e começam a procurar outros corpos, e vem a saudade da juventude que já passou. Cumprido o ato, vem o silêncio.

O outono é a estação de uma nova descoberta. Não há urgência. Nenhuma obrigação. A natureza está tranquila. Na adolescência, qualquer mulher servia, porque o sexo era comandado pelas pressões vulcânicas dos hormônios e pelos genitais. Agora, o que excita é o rosto da pessoa amada. O sexo deixa de ser movido pela bioquímica que circula no sangue e passa a ser movido pela beleza. O amor se torna uma experiência estética. E o que os amantes outonais mais desejam não são os fogos de artifício do orgasmo, mas aquela voz que diz: "Como é bom que você exista".

O outono é o tempo da tranquilidade. É bom estar juntos de mãos dadas sem fazer nada. É bom acariciar o cabelo da amada... Essa é a grande queixa das mulheres: que para os homens a intimidade seja sempre preparatória de uma transa. Talvez porque se sintam obrigados a provar que ainda são homens. O que as mulheres desejam não é prazer; é felicidade. O outono é o tempo do amor feliz.

O Chico escreveu sobre esse tempo e lhe deu o nome de "tempo da delicadeza".

"Preciso não dormir até se consumar o tempo da gente." Sim, preciso não dormir, é preciso não morrer, porque há muito amor ainda não realizado. Vem-lhe então a memória do amor que, por descuido, não se realizou, e vai em busca da sua recuperação: "Pretendo descobrir no último momento um tempo que refaz o que desfez...".

Esse verso me comove de maneira especial. Pensando no meu desajeito, na minha desatenção, vou me lembrando das coisas que derrubei, das palavras que não ouvi, das flores que pisei. E dá uma vontade de fazer o tempo voltar pra poder, parafraseando o Chico, refazer o que foi desfeito, recolher todo o sentimento e colocá-lo no corpo outra vez.

Aí ele vai mansamente dizendo as palavras que o amor deve saber dizer, palavras que só existem no "tempo da delicadeza".

Prometo te querer até o amor cair doente, doente...

Por isso, por causa desse tempo misterioso, é preciso amar cuidadosamente com o olhar, com os ouvidos, com a mão que tateia para não ferir... enquanto há tempo.

Creio que dizer uma coisa é conservar-lhe a virtude e tirar o terror. (Fernando Pessoa)

Criamos Deus para salvar do nada o Universo. (Unamuno)

A FORMAÇÃO DO EDUCADOR

Sonho com uma escola em que se cultivem pelo menos três coisas.

Em primeiro lugar, a sabedoria de viver juntos: o olhar manso, a paciência de ouvir, o prazer em cooperar. A sabedoria de viver juntos é a base de tudo o mais.

Em segundo, a arte de pensar, porque é a partir dela que se constroem todos os saberes. Pensar é saber o que fazer com as informações. Informação sem pensamento é coisa morta. A arte de pensar tem a ver com um permanente espantar-se diante do assombro do mundo, fazer perguntas diante do desconhecido, não ter medo de errar porque os saberes se encontram sempre depois de muitos erros.

Em terceiro lugar, o prazer de ler. Jamais o *hábito* da leitura, porque o hábito pertence ao mundo dos deveres, dos automatismos: cortar as unhas, escovar os dentes, rezar de noite. Não hábito, mas leitura amorosa. Na leitura amorosa entramos em mundos desconhecidos e isso nos faz mais ricos interiormente. Quem aprendeu a amar os livros tem a chave do conhecimento.

Mas essa escola não se constrói por meio de leis e parafernália tecnológica. De que vale uma cozinha dotada das panelas mais modernas se o cozinheiro não sabe cozinhar? É o cozinheiro que faz a comida boa mesmo em panela velha. O cozinheiro está para a comida boa da mesma forma como o educador está para o prazer de pensar e aprender. Sem o educador o sonho da escola não se realiza.

A questão crucial da educação, portanto, é a formação do educador. "Como educar os educadores?".

Imagine que você quer ensinar a voar. Na imaginação tudo é possível. Os mestres do voo são os pássaros. Aí você aprisiona um pássaro numa gaiola e pede que ele o ensine a voar. Pássaros engaiolados não podem ensinar o voo. Por mais que eles expliquem a teoria do voo, eles só ensinarão gaiolas.

Marshall McLuhan disse que a mensagem, aquilo que se comunica efetivamente, não é o seu conteúdo consciente, mas o pacote em que a mensagem é transmitida. "O meio é a mensagem." Se o meio para aprender o voo dos pássaros é a gaiola, o que se aprende não é o voo, é a gaiola.

Aplicando-se essa metáfora à educação, podemos dizer que a mensagem que educa não são os conteúdos curriculares, a teoria que se ensina nas aulas, educação libertária etc. A mensagem verdadeira, aquilo que se aprende, é o "embrulho" em que esses conteúdos curriculares são supostamente ensinados.

Tenho a suspeita, entretanto, de que se pretende formar educadores em gaiolas idênticas àquelas que desejamos destruir.

Os alunos se assentam em carteiras. Professores dão aulas. Os alunos anotam. Tudo de acordo com a "grade curricular". "Grade" = "gaiola". Essa expressão revela a qualidade do "espaço" educacional em que vivem os aprendizes de educador.

O tempo do pensamento também está submetido às grades do relógio. Toca a campainha. É hora de pensar "psicologia". Toca a campainha. É hora de parar de pensar "psicologia". É hora de pensar "método"...

Os futuros educadores fazem provas e escrevem *papers* pelos quais receberão notas que lhes permitirão tirar o diploma que atesta que eles aprenderam os saberes que fazem um educador.

Desejamos quebrar as gaiolas para que os aprendizes aprendam a arte do voo. Mas para que isso aconteça é preciso que as escolas que preparam educadores sejam a própria experiência do voo.

Mas poderei eu levar para o outro mundo o que me esqueci de sonhar? Esses, sim, os sonhos por haver, é que são o cadáver...
(Fernando Pessoa)

Não será toda a vida um sonho e a morte um despertar? (Unamuno)

ESQUECER

Era uma menina de nove anos. Caminhava segura à minha frente. O diretor da Escola da Ponte lhe pedira que mostrasse e explicasse a escola. Fiquei ofendido. E eu que esperava que ele, diretor, me respeitasse como visitante estrangeiro e me mostrasse e explicasse a sua escola.

Chegando à porta da escola ela parou, deu meia-volta, olhou-me nos olhos e me disse: "Para o senhor entender a nossa escola o senhor terá de se esquecer de tudo o que o senhor sabe sobre escolas...". Decididamente ela se dirigia a mim de uma forma petulante. Então eu, um educador velho que tenho a estar a pensar sobre as escolas desde menino, com a cabeça cheia de livros, teorias e experiências, deveria esquecer-me do que sabia? A menina estava certa. Meu espanto era sinal de que ela acabara de me aplicar um *koan* – um artifício pedagógico dos mestres zen.

Para aprender coisas novas é preciso esquecer as coisas velhas. As coisas que sabemos tornam-se hábitos de ver e de pensar que nos fazem ver o novo através dos óculos das coisas velhas – e o novo que está à nossa frente se transforma no velho que sempre vimos e tudo continua do jeito como sempre foi.

Roland Barthes, já velho, ao final de sua famosa *Aula*, disse que naquele momento de sua vida ele se dedicava a desaprender o que havia aprendido para que pudesse aprender o que não havia aprendido. Não havia aprendido porque a memória do sabido havia bloqueado a aprendizagem. "Empreendo, pois, o deixar-me levar pela força de toda a vida viva: o *esquecimento*. Vem agora a idade de *desaprender*, de deixar trabalhar o remanejamento imprevisível que o esquecimento impõe à sedimentação dos saberes, das culturas, das crenças que atravessamos..."

Para entender o que ele diz é preciso que você ponha seus saberes entre parênteses, que você se esqueça deles, que você esteja vendo o mundo pela primeira vez, como sugeriu Alberto Caeiro. Se você não fizer isso a leitura será inútil. Você continuará a ver o mundo velho que você já conhecia. Para um pássaro engaiolado o mundo tem barras...

A psicanálise é uma pedagogia do esquecimento. Freud percebeu que as pessoas, por causa da memória, ficam prisioneiras do passado. Os neuróticos repetem o passado. Sua memória é sua teoria do futuro. O presente e o futuro são como minha memória diz. Por isso são incapazes de ver o novo. "Uma cobra que não pode livrar-se de sua casca perece. O mesmo acontece com aqueles espíritos que são impedidos de mudar suas opiniões; cessam de ser espírito" (Nietzsche).

Os mestres zen eram mestres de um tipo estranho: não tinham saber algum para ensinar aos seus discípulos. Ao contrário, sua atividade pedagógica se resumia em passar rasteiras nos saberes que seus discípulos traziam consigo. (Se há "construtivismo", os mestres zen eram "desconstrutivistas"...) Eles perceberam que os saberes que pensamos são semelhantes à "catarata": uma nuvem que obscurece os olhos. Para operar a catarata dos seus discípulos eles se valiam dos *koans*, como já disse. Um *koan* é uma afirmação que "desconstrói" nosso saber, da mesma forma como um terremoto derruba uma casa. Quando a nuvem de pretenso saber é retirada, o discípulo vê o que nunca havia visto. Experimenta o *satori*, iluminação.

Quando a menina me disse que eu tinha de me esquecer do que sabia sobre escolas ela me aplicou um *koan*. E passei a ver as escolas como nunca havia visto.

Esse é o evento que marca o nascimento de um educador: olhos novos para ver o que nunca se viu.

Quero ser uma obra de arte.
(Fernando Pessoa)

E o meu coração é um albergue aberto toda a
noite. (Fernando Pessoa)

Depus a máscara e vi-me no espelho. Era
a criança de há quantos anos. Não havia
mudado nada...
(Fernando Pessoa)

ELIANA

"Eu sou nova na cidade. Estou procurando uma escola para meus filhos..."

A diretora sorriu: "A senhora vai gostar da nossa escola". Levantou-se e levou a mãe por uma excursão às salas de aula, aos laboratórios, à quadra poliesportiva, à biblioteca, à sala dos computadores.

Ao fim da excursão, a diretora perguntou: "Então, a senhora gostou?".

"Gostei. As instalações da sua escola são ótimas. Mas há duas dúvidas que preciso esclarecer. A senhora sabe, a vida hoje é competição, sobrevivência dos mais aptos, os vestibulares. Preocupo-me com o futuro..."

"Não precisa se preocupar. Tudo o que fazemos tem por objetivo preparar nossos alunos para o vestibular. E não damos moleza. Apertamos o mais que podemos."

A jovem senhora passou então à segunda dúvida: "Meus filhos virão à escola de manhã. Mas, e as tardes? Fica aquele tempo vazio...".

A diretora respondeu: "A senhora está enganada. Não haverá tempo livre. Damos tanto dever de casa que as tardes serão totalmente ocupadas...".

"Muito obrigado por suas informações", disse a jovem mãe. "Mas eu não gosto de ser apertada e acho que meus filhos vão ficar infelizes se forem apertados. Além do mais, acho que eles devem ter tempo livre para brincar, ler e explorar sua própria curiosidade. Assim, não matricularei meus filhos na sua escola."

Essa cena se repetiu em todas as escolas visitadas. Menos em uma, num bairro de periferia cujo diretor achava que a única coisa importante na educação das crianças era que elas aprendessem o prazer da leitura.

*Não foi condenação dos antigos deuses e
dos demônios o não poderem suicidar-se?
(Unamuno)*

*Minha dor é inútil como uma gaiola numa
terra onde não há pássaros.
(Fernando Pessoa)*

A AUTORIDADE DE FORA

Há dois tipos de autoridade: autoridade imposta e autoridade reconhecida. Ambas estão presentes nas escolas. A autoridade imposta deforma a inteligência porque ela se realiza por meio do medo. Seu símbolo são as gaiolas. A autoridade reconhecida, ao contrário, liberta a inteligência porque se realiza por meio da admiração. Seu símbolo são as asas.

Quando eu era pequeno, morava perto da cadeia. Dentro das grades estavam os presos. E do lado de fora estavam os soldados que os haviam prendido e os mantinham presos. Eu os olhava nas suas fardas e sabia que elas os distinguiam das demais pessoas. Suas fardas eram símbolos de autoridade. Eles podiam fazer o que o comum dos homens não podia. Eles podiam prender as pessoas – ninguém mais tinha autoridade para tanto –, e, na minha fantasia infantil, eu pensava que eles poderiam me prender. Por que prender um menino? Um menino, sem que eu me desse conta disso, é símbolo daqueles que não têm poder e que, por isso mesmo, estão à mercê daqueles que têm poder. Acho que já naquele tempo eu suspeitava de que o poder tinha algo de arbitrário. Quem sabe de sádico? A autoridade, pelo poder que ela possui, pode exercê-lo sem ter razões. Quem tem autoridade pode. A autoridade frequentemente está associada à impunidade. Eu passava longe dos soldados, com medo.

A autoridade se distingue daqueles que não têm autoridade por meio de símbolos, da mesma forma como os soldados da polícia se identificam por suas fardas.

Os símbolos podem ser materiais ou podem ser simplesmente nomes. Mas sua função é a mesma: mostrar quem tem poder. Um capitão do Exército se distingue pelas três estrelas que traz no seu ombro. Um juiz do Supremo Tribunal se distingue pela beca que usa. Anéis com pedras preciosas específicas também são usados por certas profissões para anunciar sua autoridade. Os símbolos-nomes podem ser "doutor", para os professores universitários que defenderam tese, "bacharel", para delegados (que também carregam, como símbolos físicos, o distintivo e a pistola), "excelentíssimo", para os deputados e presidentes, e "magnífico", para os reitores.

O dicionário *Webster* assim define "autoridade": "L. auctoritas, de 'auctor', autor. Poder legal ou direito de ordenar e agir".

Essa é uma autoridade que vem de fora, por força de uma lei. Ninguém pode dar autoridade a si mesmo. O guarda de trânsito que aplica uma multa, o policial que prende um suspeito, um professor que reprova um aluno, um pai que matricula seu filho numa escola, um médico que prescreve um medicamento controlado, um carrasco que enforca um condenado, o papa que excomunga um herege, todos eles fazem o que fazem em decorrência de uma lei que lhes dá autoridade para fazê-lo.

Essa autoridade, tal como definida pelo *Webster*, não depende do caráter da pessoa portadora de autoridade. Não são as virtudes da pessoa que lhe dão autoridade. A autoridade pertence ao ofício que a pessoa exerce e não a ela mesma. O guarda de trânsito tem autoridade para aplicar a multa mesmo que ele bata na mulher, e o médico tem autoridade para prescrever a receita mesmo que ele seja viciado em cocaína.

O nome "professor" define uma autoridade. Um professor tem poder.

Era assim e ainda é em muitas escolas.

A AUTORIDADE DE DENTRO

Meu tio Agenor descrevia o que acontecia na sua sala de aulas, quando menino. O professor chamava os alunos que deveriam levantar-se e recitar o "ponto". Se você não sabe, o "ponto" era um assunto que o professor ditava, os alunos escreviam e tinham de decorar. Alguns pontos que tive de decorar: a proclamação da República, os metais, os afluentes do rio Amazonas... Alguns haviam decorado o ponto e o repetiam de cabo a rabo. Outros gaguejavam e embaralhavam as coisas.

Terminada a arguição, o professor tomava sua caixinha de rapé, inspirava o fumo em ambas as narinas e espirrava (naqueles tempos isso era elegante). Satisfeito seu desejo de orgasmos nasais, ele passava a chamar à sua mesa aqueles que não haviam decorado o ponto para o devido castigo de bolos de palmatória. Ele podia fazer isso porque sua condição de professor lhe dava autoridade para fazer o que fazia.

No ginásio eu tinha um professor que, ao entrar na sala de aula, todos tínhamos de ficar de pé, em posição de sentido, todos rigorosamente uns atrás dos outros. O professor, então, "passava em revista a tropa", examinando todas as fileiras para verificar se todas as cabeças estavam umas atrás das outras. Qual era a função educacional desse procedimento? Nenhuma. Mas ele era professor e dentro da sala de aula ele tinha autoridade absoluta. Nenhum aluno jamais se atreveu a contestá-lo. Se o fizesse, sofreria a punição que ele prescreveria. Note: ele tinha autoridade, exercia sua autoridade, mesmo que nenhum aluno a reconhecesse internamente. Sua autoridade se impunha pelo medo. Assim é a autoridade por decreto: ela se impõe independentemente das pessoas sobre as quais é exercida.

Mas há um outro sentido de autoridade. Trata-se de um poder interior que se impõe sem necessitar de palmatórias ou ferros, um poder que vem de dentro e é reconhecido pelas pessoas por ele tocadas.

Eu estava no curso científico. Anunciaram que teríamos um novo professor de literatura. Nós não gostávamos de literatura. Os professores, valendo-se de sua autoridade, nos obrigavam a coisas que detestávamos: análise sintática, resumos de livros, escolas literárias, provas. O novo professor, Leônidas Sobrinho Porto, entrou na sala sorridente e começou:

> Temos dois problemas preliminares para resolver. Primeiro, essa caderneta onde deverei registrar sua presença. Quero dizer que todos vocês já têm 100% de presença. Se não quiserem, não precisam assistir às minhas aulas. Eu lhes darei presença de qualquer forma. Segundo, as provas que vocês terão de fazer para passar de ano. Quero dizer que não haverá provas. Todos vocês já passaram de ano. Resolvidas essas duas questões preliminares irrelevantes, podemos agora nos dedicar ao que importa: literatura.

Aí ele começou a falar coisas que nunca tínhamos ouvido. A literatura se encarnou nele. Ele ficou "possuído" e começou a viver as grandes obras literárias bem ali, na nossa frente. Não pediu que comprássemos livros ou que lêssemos. Ele sabia que nós não sabíamos ler; só sabíamos juntar letras... Não tínhamos o poder para surfar sobre as palavras. Se nós fôssemos ler, a leitura seria tão malfeita que acabaríamos por detestar o que líamos. E ele, possuído, ia tornando vivas as obras literárias. Ficamos seduzidos.

Ninguém faltava às suas aulas. Ninguém falava. Ao ouvi-lo, éramos tocados por sua autoridade mansa e maravilhosa.

Como professor, funcionário de um colégio, ele tinha autoridade para nos obrigar. Mas ele sabia que há coisas que não podem ser feitas com a autoridade de fora. As coisas que têm a ver com a alma só podem ser feitas com a autoridade de dentro.

Bachelard escreveu em algum lugar que só se convence despertando os sonhos fundamentais. Era isso que o professor Leônidas fazia: ele nos fazia entrar no mundo dos sonhos. Por isso ele não precisava valer-se da autoridade exterior porque sua autoridade brotava de dentro e nós, os alunos, a reconhecíamos.

* * *

A menininha voltava de seu primeiro dia na escola. Seus pais lhe perguntaram: "Como é a professora?". Ela respondeu com precisão. Havia percebido a essência da professora. "Ela grita!"

Como o sol doura a casa dos réprobos! Poderei odiá-los sem desfazer do sol? (Fernando Pessoa)

O FLAUTISTA

Fortaleza. Eu ia fazer uma fala. Aí me disseram que antes haveria um pequeno concerto de uma orquestra de flautas de crianças pobres: sorriso no rosto, camiseta abóbora, flautinhas na mão. O regente era um mocinho magro. Ao final o Marcelo – esse era o seu nome – me convidou a visitar a orquestrinha na cidade de Aquiraz, bairro Tapera, a uma hora de Fortaleza.

O concerto aconteceria numa chácara, à noite. Mangueiras enormes, céu estrelado. Tocaram sua alegria. Aí o Marcelo se juntou a nós. Pedimos que contasse sua história.

Família muito pobre. Pai bravo e batedor. Comiam os peixes que tarrafeavam num rio. E era preciso trabalhar para ajudar. Marcelo trabalhava numa padaria. Ganhava dez reais por mês. E ainda tarrafeava, depois de terminado o trabalho na padaria.

Seu grande sonho era ser músico, baterista. Pois um dia correu a notícia de que iriam formar uma banda. Quem quisesse que se candidatasse. O Marcelo se candidatou. Mas o homem que fez a apresentação do projeto nada falou sobre baterias. Em vez disso tocou uma flautinha. O Marcelo se esqueceu da bateria e se apaixonou pela flauta.

O pai disse um "não" grosso e definitivo quando soube das intenções do filho. "Flauta é coisa de vagabundo. Filho meu não toca flauta..." Marcelo soube então que seu namoro com a flauta teria de ser como os namoros antigos, escondido.

A inscrição pra valer terminava às 5 da tarde. Marcelo nessa hora estava na padaria. Só pôde sair muito mais tarde, de bicicleta. No caminho, por aflição, caiu da bicicleta. Os peixes se espalharam e ele ficou todo escalavrado.

E foi assim que chegou ao lugar da inscrição com duas horas de atraso. Mas o homem da inscrição ficou com dó dele e o inscreveu. Ele tinha 11 anos. Acontecia que a flauta custava dez reais, o salário de todo um mês. Precisava ajuntar dinheiro. Passou a caminhar olhando para o chão, em busca de moedas perdidas. Por um ano juntou moedas de um centavo. Juntou os dez reais. Comprou a flauta de plástico. Como não podia estudar em casa, pela braveza do pai, passou a estudar no alto de um cajueiro, de noite, longe da casa. No cajueiro guardava a flauta. Mas, num dia de chuva, ficou com medo de que a flauta se estragasse com a água. Escondeu-a em casa. Ao final do dia, voltando do trabalho, o pai o esperava. Havia encontrado a flauta. O pai acendeu uma fogueira e a queimou, aplicando-lhe a seguir uma surra. Mas ele não desistiu.

Mais um ano juntando centavos até comprar nova flauta. Aí ele arranjou uma aluna. Pela aluna ganhava dez reais por mês! Uma fortuna. Outra aluna, e mais outra. Nove alunas! Noventa reais. O pai passou a gostar de flauta.

Foi então que o Marcelo teve a ideia de ensinar flauta para as crianças – sem nada ganhar. E assim surgiu a orquestra de flautas. Naquela noite, debaixo da mangueira, ele tinha 18 anos. "Eu tenho um sonho", ele disse. "Gostaria de ter uma flauta de verdade, transversal. Mas ela custa muito caro. Vai levar muito tempo para ajuntar o dinheiro..."

Aí uma professora que estava na roda abriu-se num sorriso e disse: "Marcelo, eu tenho uma flauta guardada numa caixa de veludo. Flauta que ninguém toca... A flauta é sua!".

Isso aconteceu faz tempo. O Marcelo entrou para a universidade, tornou-se flautista e regente. E continua ensinando música para as crianças por puro prazer, sem ganhar dinheiro. E não sei por que, o fato é que me elegeu seu padrinho... Tanta gente bonita e esforçada por esse Brasil imenso. Dá esperança.

> *Ah! Todo cais é uma saudade de pedra...*
> *(Fernando Pessoa)*

> *Sinto uma ereção abstrata e indireta no fundo*
> *da minha alma... (Fernando Pessoa)*

BADULAQUES

ESTÓRIA ORIENTAL: Um homem ficou perdidamente apaixonado por uma mulher. Ela respondeu à sua declaração de amor dizendo: "Serei tua se te assentares por cem noites naquele banquinho, debaixo da janela do meu quarto". O amor do homem era tamanho que ele julgou que valia a pena. Noite após noite, com chuva e frio, ele se assentava no banquinho, esperando um gesto. Até que chegou a noite número 99. No dia seguinte ela seria dele. Seu sonho se realizaria. Mas no meio da noite número 99, repentinamente e sem nenhuma palavra, ele se levantou, pegou seu banquinho, se mandou e nunca mais apareceu...

O JUÍZO FINAL: Todo bom cristão sabe que o Juízo Final será terrível: os favoritos de Deus irão para o céu enquanto os não favoritos irão para o inferno. Dos céus os favoritos e o próprio Deus contemplarão o sofrimento dos condenados para que sua alegria seja completa. Mas o compositor Gustav Mahler, na sua 2ª sinfonia, também chamada "Sinfonia de ressurreição", descreveu um Juízo Final diferente. Mahler era de uma modesta família judia. Em 1897 tornou-se católico, ao que parece para fugir da perseguição que sofria como profissional. Não contente com a pura execução da sinfonia, ele a explicou por meio de um texto:

Uma voz se faz ouvir. Chegou o fim de todas as coisas vivas. O dia do julgamento chegou e o terror desse dia está sobre nós. A Terra treme, as sepulturas se abrem, os mortos ressuscitam e caminham numa procissão sem fim. Poderosos e fracos desta Terra, reis e mendigos, justos e injustos – todos eles caminham. Um grito terrível, pedindo perdão e misericórdia, fere os ouvidos. O grito vai ficando cada vez mais forte. Nossos sentidos nos abandonam e perdemos consciência à medida que se aproxima o julgamento eterno. Soa o grande chamado. Ouvem-se então as trombetas apocalípticas.

Até aqui tudo combina com a cena pintada por Michelangelo, que é a cena ortodoxa. Mas nesse momento ele subverteu o final. É o fim do mundo, sim. Mas é diferente.

No meio de um silêncio sinistro ouve-se o canto distante de um rouxinol como uma última reverberação da vida aqui de baixo. O coro celestial de santos canta suavemente "Ressuscitareis!". A glória de Deus é revelada. Uma luz maravilhosa envolve os corações. Tudo é tranquilidade e felicidade. E eis! Não há julgamento! Não há nem pecadores nem justos, nem poderosos nem humildes, nenhuma vingança ou recompensa. Um poderoso sentimento de amor permeia tudo e tudo se enche com a Sua presença...

DEUS E O RELÓGIO: **Os norte-americanos são um povo temente a Deus.** Prova disso é um fato que surpreende os visitantes: aos domingos, nos estados mais tementes a Deus, não se vende bebida alcoólica antes do meio-dia. A razão para tal rigor vem de séculos passados: os cidadãos devem estar sóbrios aos domingos pela manhã para ouvir a pregação da Palavra de Deus na igreja. Esse costume é tão rigoroso que não se afrouxa nem mesmo nas alturas dos céus. Nos tempos em que se vendiam bebidas alcoólicas durante os voos, tão logo a aeronave entrava no espaço aéreo de um estado que adotava tal lei, as bebidas eram recolhidas e ficavam recolhidas até entrar no espaço aéreo de um estado que não se preocupava tanto com a vida espiritual dos seus cidadãos.

ORGASMOS NASAIS

Acometido por uma crise de espirros enquanto caminhava pela fazenda Santa Elisa, lembrei-me de um estudante que me confessou espirrar sempre que se sentia excitado sexualmente. Nos livros sobre erótica que li nunca vi referência alguma a esse curioso fenômeno. É bem possível que os espirrantes, envergonhados dessa anomalia e com medo de serem catalogados psicanaliticamente como "perversos", tenham guardado seu segredo.

Ter orgasmo com o nariz é uma perversão, não é normal. Quem sabe o Vaticano soltará uma encíclica condenando os espirros da mesma forma como condena os homossexuais e a camisinha? O fato é que o espirro muito se assemelha ao orgasmo. Começa com uma discreta cócega, a cócega cresce até estourar numa explosão eólica extremamente prazerosa seguida de alívio. O prazer sexual do espirro levou os antigos a inventar uma forma de ter orgasmos nasais artificialmente. Inventaram o rapé.

O rapé era o Viagra nasal daqueles tempos. Vem do francês *râper*, ralar, raspar. Rapé é fumo raspado, em pó. Houve tempos em que era elegante cheirar rapé, o pó preto. Vendiam-se caixinhas de prata, à semelhança das caixas de fósforo, verdadeiras joias. Dentro ia um pedaço de fumo. De um lado, um minúsculo ralador. Ralava-se o fumo na hora para obter um cheiro de qualidade superior, da mesma forma como, para obter um bom café, o grão tem de ser moído na hora.

Qual era a maneira elegante de cheirar rapé? Primeiro, fechava-se uma das mãos, na horizontal. Depois, esticava-se o dedão firmemente para cima. Quando se faz isso aparece, na junção da mão com o braço, um oco, produzido pelo tendão esticado do dedo. Nesse oco se colocava o pó. Aproximava-se então o pó de uma das narinas, tendo a outra tampada com o dedo indicador da outra mão. Respirava-se com força, o pó entrava pela narina e o espirro vinha para o prazer do espirrante.

Ainda é possível comprar rapé nas tabacarias. Eu mesmo tenho uma latinha que me foi dada por um amigo. Quem sabe seria possível substituir o pó branco pelo pó negro? Espirro dá prazer sem fazer mal.

O que me dói não é o que há no coração mas essas coisas lindas que nunca existirão...
(Fernando Pessoa)

Deus ao mar o perigo e o abismo deu. Mas nele é que espelhou o céu. (Fernando Pessoa)

NO ATACADO E NO VAREJO...

Deus dá as ordens por atacado. Os homens pecam no varejo. Já escrevi isso. Deus fala pouco e não se explica. Cada mandamento do decálogo pode ser escrito em uma linha apenas. Mas cada um deles, tão curto, vai colado numa caixa enorme, cheia com os mais diferentes objetos, cada um deles sendo uma forma diferente de pecar.

Para isso existem os teólogos: eles imaginam, tintim por tintim, as infinitas formas que a transgressão de um mandamento pode tomar. Vou dar um exemplo de um desses desdobramentos de pecados, escrito para crianças de uma igreja protestante.

Domingo. Oito e meia e a mamãe já estava preparando o Pedrinho para ir para a Escola Dominical. Depois de pronto, a mamãe recomendou-lhe que fosse direitinho e pontual. Ao pôr o bonezinho, o Diabo lhe disse: "Leve as bolinhas para jogar". Ele respondeu: "Não jogo bolinhas no domingo". Tornou o Diabo: "Não é para jogar, é só para apalpar de vez em quando". Mas na rua achou um colega e não resistiu à tentação de jogar e jogou "a ganho". Uma das bolinhas rolou até a sarjeta, ele foi apanhá-la, sujou a mão e meteu-a suja no bolso. Chegou tarde à igreja e não quis entrar; quando saíam as crianças, pediu uma folha da lição e foi para casa. Mas ia devagar, triste e de mau humor. Chegando a casa, mamãe perguntou-lhe: "Deste boa lição?". "Sim, senhora: mas de volta caí na calçada e sujei a mão na sarjeta." "Qual foi o texto áureo?" "Não me lembro agora, mas Deus sabe que fui à escola." E com a mão no bolso contava as bolinhas ganhas do jogo. Pedrinho adorou as bolinhas em vez de Deus – quebrou o

1º e o 2º mandamentos. Disse o nome de Deus em vão – quebrou o 3º mandamento. Não respeitou o domingo – quebrou o 4º mandamento. Não honrou a mamãe, desobedecendo-a – quebrou o 5º mandamento. Furtou, porque jogar é furtar, mentiu, cobiçou as bolinhas dos outros – quebrou o 8º, o 9º e o 10º mandamentos. (*O Brasil Presbiteriano*, 10 de julho de 1951)

Que leigo ignorante dos mistérios da teologia poderia imaginar que, em duas horas de uma manhã de domingo, um menininho seria capaz de pecar contra oitok dos dez mandamentos! Bem disse o Riobaldo que Deus é traiçoeiro... Viver é muito perigoso.

Mas nem tudo é triste, se se souberem os mistérios da mente divina.

A inseminação artificial, mesmo com sêmen do marido, era pecado. Porque só há duas formas de colher o líquido masculino: pela masturbação ou pela camisinha. Mas tanto a masturbação quanto a camisinha violentam as leis da natureza, a ordem natural das coisas.

Aí a TV Globo, faz tempo, por meio do rosto solene do Cid Moreira, anunciou o triunfo. Os teólogos do Vaticano haviam descoberto que havia uma forma de colher esperma sem pecar, isto é, sem contrariar a natureza. Bastava que se fizesse um buraquinho na cabeça da camisinha. Através desse buraquinho a natureza podia muito bem se esgueirar empurrando os espermatozóides para fora.

Fiquei então a imaginar que no céu deve haver um departamento encarregado de separar as camisinhas pecadoras, sem buraquinho, das camisinhas puras, com buraquinho.

Perguntado sobre o que achava de Deus, Jorge Luis Borges respondeu: "É a mais extraordinária invenção do realismo fantástico...". De fato é fantástico. É por isso que gosto de teologia: pelo mundo fantástico que ela cria e no qual os homens acreditam...

A ALMA É UMA PAISAGEM

A alma é uma paisagem. Ou melhor, paisagens. Paisagens são feitas com campos, florestas, montanhas, rios, mares, nuvens – "coisas" que existem fora de nós, que os sentidos percebem e nós lhes damos nomes. As paisagens da alma, entretanto, não são feitas de "coisas". São feitas de sentimentos. E os sentimentos, nós não temos como dizê-los, os sentidos não conseguem fotografá-los. Então um artista que mora dentro da gente, o tal de inconsciente, lança mão de um artifício: ele veste os sentimentos da paisagem de dentro com as coisas da paisagem de fora. Um medo muito grande aparece como um precipício; o tédio se parece com uma chuva persistente em meio a brumas... Vingança? Um tigre... A perda de um amor? Um velório... E a experiência de liberdade? Você nunca voou nos sonhos? Dessa forma o "artista" torna visíveis as paisagens da alma por meio de metáforas. O "artista", além de ser pintor, é também um poeta. Os sonhos são efêmeras visões das paisagens da alma, as paisagens que fazem nossa pele do lado de dentro, o lado do coração. Quando a gente vê uma paisagem de fora e se emociona, a emoção não vem da paisagem de fora. Vem da paisagem de dentro. Geralmente se pensa que a função dos psicanalistas é curar doenças da alma. Não concordo. Não sei se eles podem curar qualquer coisa. O que acho é que eles são os guias que nos levam a visitar as paisagens da alma que nós mesmos desconhecemos. Bosques escuros, mares profundos, montanhas cobertas de neve, campos floridos, cemitérios... Essa aventura não cura nada. Ela nos conduz por experiência de tristeza e beleza. E isso nos torna mais sábios. A sabedoria é uma forma de cura. Mas preciso confessar que as trilhas mais fascinantes da minha alma, não foi a minha psicanalista que me revelou. Foram os livros. Desses, o mais extraordinário é *História sem fim*, de Michael Ende. Tentaram transformá-lo em filme. O filme ficou fantástico. Até vou vê-lo com minhas netas. Mas muita coisa se perdeu no caminho do livro para o cinema. O outro é *Viagem a Ixtlan*, as lições de feitiçaria do bruxo D. Juan. É infinitamente superior aos livros que se veem nas livrarias e que contam estórias de mundos mágicos. Pena que não tenha sido reeditado.

Só a loucura é que é grande! E só ela é que é feliz! (Fernando Pessoa)

Aborreço-me da possibilidade de vida eterna; o tédio de viver sempre deve ser imenso. (Fernando Pessoa)

PEÇA LICENÇA PARA O CHEFE

Quando me mudei para Valinhos, a vizinhança inteira me sendo desconhecida, tratei de me aproximar: distribuí alguns livros para os vizinhos mais próximos, adultos, e estórias infantis para as crianças. Deu resultado. Algumas crianças perceberam que gosto delas, que gosto de brincar, e vêm me visitar. Estou no *laptop* trabalhando e ouço um suave barulho na porta. Já sei! São elas. Elas entram, conversamos e brincamos. Por sua vontade elas ficariam horas na minha casa. Mas eu tenho que trabalhar. E digo a elas que é hora de se irem, por causa do meu trabalho. Aí um garoto, deve ter uns oito anos, me fez uma pergunta: "Por que é que você não pede ao seu chefe dois dias de folga?". Respondi: "Porque o meu chefe é terrível, me vigia o dia inteiro, me cobra as coisas que tenho de fazer. Os olhos dele me vigiam dia e noite". Ele ficou assustado que eu tivesse um chefe assim. Perguntou-me o seu nome. Inventei um nome qualquer. Não podia dar o nome verdadeiro do meu chefe, que seria Rubem Alves. Ele não entenderia.

ÁRVORES, SINAL DE ATRASO...

Havia uma pequena cidade no interior do estado de Goiás. Ficava num vale que terminava numa serra. Ali acontecia o que era comum nas cidades de antigamente: galinhas no quintal, biscoito de polvilho, queijo e café no meio da tarde e banda de música. Aconteceu... Um velho músico, compositor (suas partituras empilhadas num porão depois de sua morte se perderam, comidas por uma cabra), já no leito de morte, a família reunida, respiração difícil, todo mundo na expectativa... Aí passou a banda de música na frente da casa. Ele estremeceu, indicou que queria falar algo, todos se aproximaram atentos para ouvir suas últimas palavras. "A clarineta desafinou no si bemol..." E morreu. A cidade ficava no meio de uma floresta. Todos os quintais tinham mangueiras, jabuticabeiras, laranjeiras e árvores nativas, seculares. As árvores eram tantas que o viajante, no alto da serra, quase não percebia a cidade. Foi então que um prefeito moderno e dinâmico fez uma campanha entre os moradores para que cortassem as árvores dos seus quintais para que a cidade fosse vista. É bem sabido que árvore é sinal de atraso.

Especificações técnicas

Fonte: Gatineau 11,5 p
Entrelinha: 17 p
Papel (miolo): Off-white 80 g/m²
Papel (capa): Cartão 250 g/m²